AF368434

Saule Majestueux

Le monde de Télénia

Avec la collaboration, de Anne Cobut.

Texte et Illustration : © Dydjy Becker 26-01-2019

ISBN : 978-2-9601951-4-9

DYDJY BECKER

Saule majestueux

Le monde de Célénia

Roman

Un très grand Merci à Anne Cobut pour tout son aide et son soutien, ainsi qu'à mon conjoint Jean-Jacques pour sa patience.

Dédicace et gros bisous à mes loulous, titi… stéph…, Séba…, lélé…mam et pap ainsi qu'à tous ceux qui m'aiment et que j'aime.

À tous les enfants et tous ceux qui ont
gardé leur âme d'enfant.

Un peu de rêve à droite, un peu de rêve à
gauche. C'est ce qui nous manque quel-
quefois… !

Pour s'évader dans un monde parallèle
au notre. Et pourquoi pas ?

Quelques pages pour sourire, s'éclater,
s'émerveiller, s'attrister ou ressentir.
Qui sommes-nous vraiment chaque
jour ?

Quelques phrases avant de commencer.

Qui est Célénia ?

— Une enfant donc la vie ne se déroulera pas comme tout le monde pourrait se l'imaginer. Cet enfant a une particularité. Promise à un grand bonheur.

— Pourquoi parlez-vous d'un château dans ce roman fantastique ?

— Parce qu'elle vécut dans ce château, dès l'âge de 6 ans jusqu'à ses 11 ans.

— Oui, mais ! Avant cette partie du roman, vous parlez d'un bébé malade. Pourriez-vous nous dire qui est cet enfant malade ?

— Oui, cet enfant malade, est Célénia. Cette maladie est aussi celle qui l'a atteinte à l'époque, à l'aube de sa vie.

— Alors, pourquoi avoir écrit ce roman fantastique ?

— Parce que sa vie ne ressemble à aucune autre. Elle est tout simplement fantastique ! Pour ne jamais oublier. Pour partager cette partie, à la fois mystérieuse et agaçante de sa vie qui lui a apporté beaucoup de réflexions de silences, de regards lointains, mais pas seulement ; aussi, joie et peine, bonheur, grandes découvertes de joyeux lurons comme s'il en pleuvait.

Et cet arbre que représente-t-il ?

Cet arbre, Célénia ne l'oubliera jamais. Il se trouvait-là, dans un endroit bien précis du domaine. En quelque sorte, elle n'oubliera jamais de l'admirer, de s'y blottir. Elle l'avait trouvé à son goût, d'une bonne compagnie. Comme il l'était, si grand devant elle, si majestueux et mystérieux à la fois. De ce fait, elle ne peut, se passer de l'aimer et de le faire connaitre dans son rêve, à tous, par la lecture dont nous avons tant besoin pour nous échapper rien qu'un instant. S'évader dans son monde étrange.

Quand elle ressentait l'énergie de cet arbre, c'était comme s'il avait été planté là, rien que pour elle. Pour la réconforter, la consoler, l'aider, lui donner de la force et du courage dans les épreuves de la vie.

J'espère que ce roman puisse apporter du réconfort à tous les enfants du monde entier qui souffrent d'un manque affectif, de l'un de leurs parents ou même des deux ou encore d'une autre personne, même d'un animal.

Que s'est-il passé d'autre dans ce château ?

Je dois vous dire qu'il s'est passé des choses étranges très étranges.

Une histoire qui a commen-
cée il y a bien longtemps.

1

Elle se mit à pleurer

Le bébé était à peine né, que son père lança, tout à coup, son regard vers les oreilles du nourrisson, et cela de plus près.

« Tiens ! c'est étrange… ! »

Il alla chercher une loupe et les examina minutieusement, l'inquiétude se dessinant sur son visage et dit :

« Viens un instant, regarde chou ici.

— Quoi, que se passe-t-il ? Je ne vois rien.

— Mais oui, regarde de plus près, on dirait qu'il y a de petites pointes qui se forment à l'extrémité de ses deux oreilles

— Oh ! Ne viens pas me dire qu'elle ressemble à tes…Oh mon Dieu ! Oh lala. »

Après cette brève discussion, leur vie continua à tourner normalement

Célénia avait, à ce moment-là, trois mois ; c'était un très joli petit bébé, bien rose, quand soudainement, elle se mit à pleurer abondamment.

Sa mère, prénommée Madame Fleurette, mariée à Monsieur Mirobon, ne comprit pas ce qui n'allait pas, étant donné, qu'il était toujours calme, serein et paisible, comme un petit ange

Le lendemain matin, le bébé lançait toujours des pleurs. Madame Fleurette s'adressa à son mari :

« Célénia ne va pas mieux aujourd'hui, elle a maintenant de la fièvre.

— A-t-elle faim ? Ou soif ?

— Non, elle a déjà reçu la tétée il y a à peine une heure !

— A-t-elle des coliques ?
— Non, elle a de la fièvre.

— Serait-elle malade, sa couche est-elle propre ?

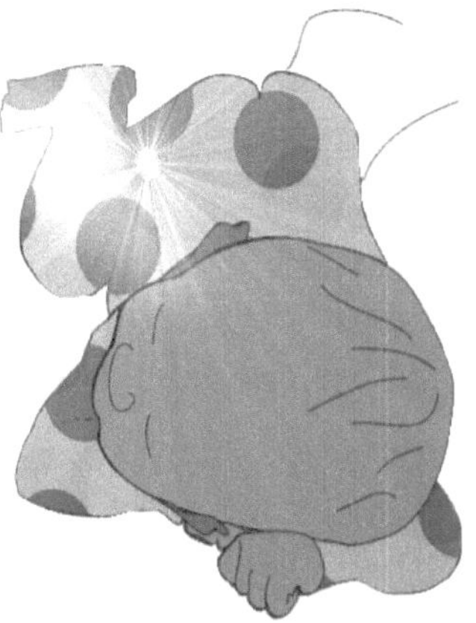

C'est peut-être une maladie d'enfant tout simplement, nous verrons cela demain ou plutôt ce soir, enfin cela va dépendre de sa température ! »

C'était surtout la persistance des pleurs et la fièvre qui inquiétaient Madame.

« Sa température est assez élevée ! Elle est presque à quarante, ajouta-t-elle.

— Oui, ce n'est quand même pas normal, mais attendons demain ; dans l'entre-temps, donne-lui un bonbon blanc… ! je veux dire une aspirine.

— On ne donne pas d'aspirine à un bébé de cet âge, voyons. Je vais lui mettre un suppositoire, ensuite nous verrons si cela fait son effet. »
Monsieur ne prit pas l'affaire au sérieux ; sa bouteille de whisky étant plus intéressante, il en but une gorgée pour apaiser son émoi.

Mais bon, à part cette petite tendance à l'alcool, Monsieur était quand même quelqu'un de bien. Ils s'étaient rencontrés lors d'un gala. Il était avocat et quant à Madame, elle vivait de ses rentes, des usines de poulets héritées de ses parents. La mère de Madame était décédée, un jour de pleine lune, d'une crise cardiaque, et son paternel mort en duel.

Mais à ce moment-là, Madame commença à s'inquiéter sérieusement pour la petite. Elle prit le téléphone et sonna à une amie qui avait elle-même deux bouts de chou.

Son amie lui conseilla de ne pas tarder avec ce genre de situation.

« Si cela persiste il vaudrait mieux appeler le médecin ou le pédiatre, ne traîne pas, ça peut être une grosse affection ! lui conseilla son amie. »

Prise de panique, madame ne voulut plus attendre.

« Écoute mon chéri, nous ne devrions pas nous attarder davantage !

— Oui, et que comptes-tu faire ? À cette heure de l'après-midi ? Le pédiatre n'est pas en consultation. Il se trouve à la clinique.

— Allons jusqu'à la clinique au service de garde ! Je ne vois que cela à faire. »

Cela faisait plusieurs jours que l'enfant pleurait pour un oui ou pour un non, ce n'était effectivement pas normal, et de plus, là, elle avait une grosse fièvre ! Elle était sûre très mal.

« Veux-tu bien lâcher cette bouteille un instant

? Allons à la garde de la clinique Saint-Aubain.

— J'arrive, as-tu préparé la petite ?

— Eh bien oui ! elle est déjà habillée et prête à partir. »

Ils montèrent dans leur voiture, et se mirent en route, direction la clinique.

À l'entrée de celle-ci, l'enfant fut rapidement ausculté par le pédiatre de garde qui l'examina un long moment, mais ne trouva rien !

À part la température ! Il conseilla de laisser le bébé à la clinique en observation.

Les parents retournèrent seuls à leur domicile, sans la petite, et Madame avait mal au cœur. Mais elle se disait : c'est pour son bien. Dès qu'elle ira mieux, elle reviendra à la maison.

2

Le lendemain matin, le téléphone sonna

Madame prit le téléphone
« Allô, à qui ai-je l'honneur ?

— Bonjour, vous êtes bien Madame Fleurette Mirobon ?

— Oui, c'est elle-même !

— Voilà, je vous téléphone pour vous informer de l'évolution et de l'état de votre fille Célénia.

— Êtes-vous le pédiatre ?

— Non, je suis son assistant, c'est pour vous faire savoir que le pédiatre n'a pas encore trouvé ce que votre fille pourrait avoir, la fièvre est toujours au plus haut du thermomètre.

— Oui, et qu'a-t-il dit d'autre s'il vous plaît

— Elle doit rester hospitalisée, Madame, car son état est pour l'instant assez inquiétant. Le pédiatre est conscient qu'il doit trouver rapidement ce dont elle souffre, disons qu'il se donne encore deux jours. » Apparemment, elle aurait déjà cette fièvre depuis quatre jours. Enfin, je voulais vous dire que cela pourrait être assez grave, vous me comprenez, Madame Fleurette ? La température ne peut absolument pas rester aussi haute, et cela depuis quelques jours ! »

À ce moment-là, le silence se fit lourd.

« Madame, êtes-vous toujours là ?

— Oui, oui bien sûr, mais là, je ne me sens pas très bien.

— Oui, je comprends, c'est assez inquiétant. Mais voilà, le pédiatre a décidé, bien sûr, si vous êtes d'accord, et cela sans perdre un instant de plus, de contacter un confrère qui est spécialisé dans le corps humain enfantin, nous ne savons pas quand il arrivera. Car il n'est pas d'ici, il vient d'un pays lointain. Dès qu'il sera là et qu'il aura ausculté l'enfant, je vous recontacterai à moins que vous ne préfériez venir. Tout compte fait, il serait sans doute préférable que vous veniez. »

Madame Fleurette ne put retenir ses larmes et se moucha dans son mouchoir à dentelle. Ses jambes tremblaient, et d'une petite voix elle répliqua :

« Oui bien sûr je vais venir. Je vais en informer mon mari, merci.

— Mon chéri, te voilà enfin rentré, écoute, j'ai reçu ce matin un coup de fil de la clinique. »

Elle se remit à pleurer en se cognant contre le canapé. Puis s'asseyant, elle dit :

« Tu sais bien que ma jeune sœur est décédée d'une pneumonie, j'espère que ce n'est pas cela.

La petite doit rester hospitalisée, dit-elle en essuyant les larmes qui coulaient le long de ses joues.

— Oui, nous allons attendre. Que peut-on faire de plus ? Arrête de pleurnicher, ça ne va rien arranger. »

Madame Fleurette attendit deux jours interminables. Si dans deux jours, ils n'avaient pas trouvé le pourquoi de cette mystérieuse fièvre si élevée, Célénia ne pourrait pas survivre. Elle n'a que quelques mois ! Et s'affaiblit de jour en jour.

Néanmoins, les parents se rendirent chaque jour à la clinique. Ils étaient épuisés, surtout Madame, elle ne dormait plus la nuit.

Après le deuxième jour, le spécialiste des humains enfantins arriva enfin à la clinique.

Comme le disait l'assistant, le spécialiste venait d'une autre planète. Et cela met du temps pour venir sur terre !

Oui, il a dû vibrer à la bonne fréquence, pour se transformer, et capter l'adresse exacte !

Il ausculta donc l'enfant qui n'avait plus de force avec cette température et ces pleurs incessants.

Grâce à ses vibrations puissantes, il finit par trouver ce qu'elle avait.

« Voici mon diagnostic, tu as une pleurésie » dit-il en regardant l'enfant.

Il laissa des consignes à suivre, pour soigner Célénia. Pendant ce temps, la petite s'était endormie.

Le spécialiste s'approcha de l'oreille droite de Célénia et il lui souffla ces quelques mots :

« Que l'étoile brillante étincelle mon chemin »

Il répéta cette incantation douze fois de suite pour que ces mots s'imprègnent au plus profond du subconscient du bébé, et repartit aussitôt

Le pédiatre et l'assistant n'étaient pas présents lors de la visite du spécialiste du corps enfantin. D'ailleurs personne ne le vit.

Il était reparti comme il était venu, comme une ombre.

L'infirmière trouva les consignes tout près de la petite, les prit, et regarda autour d'elle, étonnée de ne pas le voir, elle le chercha partout dans la clinique, mais pas de spécialiste à l'horizon : il avait disparu.

Elle contacta immédiatement l'assistant, pour l'en informer, disant :

« Pourriez-vous contacter le pédiatre, car le spécialiste est venu, il a laissé des directives ainsi qu'un compte rendu.

— Je vais de suit le prévenir. Mais normalement il devrait arriver assez rapidement, il a eu une urgence. Dans tous les cas, je serai là dans quinze minutes au plus tard. Pourriez-vous prévenir les parents ? Merci. »

Le pédiatre arriva à la clinique Saint-Aubain, en même temps que l'assistant, tandis que les parents étaient en route.

Le pédiatre regarda le compte rendu du spécialiste du corps humain enfantin.

Oui, à cette époque il n'y avait pas encore de radiographie ni même de scanner et pas non plus d'échographie ; c'est pour cette raison que le pédiatre avait demandé la visite d'un pneumologue, car il avait bien entendu un sifflement à la hauteur des bronches de la petite, mais il n'en était pas sûr.

Le compte rendu spécifiait que la petite avait une pleurésie ; c'était grave, car à l'époque on ne soignait pas les bébés comme aujourd'hui.

Les chances de survie étaient restreintes : il fallait faire les choses rapidement et efficacement.

Selon les consignes, il fallait commencer par donner des anti-inflammatoires et des suppositoires, pour faire baisser la température. Mais ce n'était pas tout, le pneumologue avait conseillé d'administrer un traitement adéquat pour son jeune âge.

« Et transférez-la à la campagne, là où il y a beaucoup de sapins, elle devra y rester jusqu'à ce qu'elle soit complètement guérie.

Cela pourrait prendre plusieurs mois.

« C'est à vous cher confrère, de voir, l'évolution de la pleurésie de cette enfant. »

Pendant ce temps, les parents arrivés furent mis au courant de la maladie de Célénia.

Ils acceptèrent le départ de la petite à la campagne.

Je ne dois pas vous l'expliquer. Madame ne fit que se moucher en essuyant ses grosses larmes dans des mouchoirs en dentelle, c'était triste à voir, mais c'était une question de vie ou de mort.

Le pédiatre avait décidé de suivre les recommandations du spécialiste. Il fit transférer la petite patiente dans un centre pour les personnes atteintes du même genre de symptômes c'est-à-dire à la campagne en plein milieu des sapins, pour bien aérer ses petits poumons.

Le bébé allait enfin pouvoir respirer un peu plus normalement grâce au grand air, au lieu de l'air citadin.

Célénia arriva dans ce mini paradis où il faisait bon respirer le parfum des sapins, quelle bonne odeur c'était ! Au milieu de la cour d'entrée, il y avait un jardin semé de fleurs de jacinthes. Des fontaines laissaient leurs jets d'eau couler vers un petit ruisseau, le soleil était au zénith, les infirmières chantaient en travaillant, malgré la dure réalité de la vie.

Une infirmière, en voyant le bébé, s'écria :

« Oh ! mon Dieu, quelle belle enfant ! Areu-areu, avec ses petites joues en forme de pommes, elle est toute rondelette, elle est à croquer ! »

Les jours passèrent rapidement. Elle était très gâtée par toutes les infirmières.

Elle allait visiblement mieux, et ça de jour en jour.

Les semaines passèrent, et la petite riait de bon cœur. Elle fut bien-aimée de tout le service hospitalier. C'était un enfant adorable, il faut le dire, que la petite était née un jour de chance, c'était un mardi.

Le bébé adorait les promenades, elle était toujours émerveillée par tout ce qui l'entourait, elle gazouillait, elle faisait des bulles avec sa petite bouche.

Elle ne reçut pas souvent de la visite, car l'endroit était très éloigné de la ville, au moins cent cinquante kilomètres.

Aussi, son père buvait toujours autant de whisky. Il ne savait pas le cacher, car son nez en disait long.

Mais à cette époque, il était parti à l'étranger. Madame quant à elle, travaillait par moments à l'usine de poulets comme Directrice administrative.

Elle devait gérer tout le personnel.

Néanmoins, elle prenait régulièrement des nouvelles de Célénia, c'était normal, sa petite fille ! pensez-vous.

Jusqu'au jour, où le téléphone sonna, dring dring dring.

« Allô, à qui, ai-je l'honneur ?
— Bonjour, ici c'est le centre Mimosapin. Madame, je vous contacte, pour vous informer que votre fille est maintenant complètement guérie, et peut retourner à la maison
— Ah, je suis vraiment très contente, quand pourrais-je venir la reprendre ?

— À partir de lundi, car nous devons préparer son départ. »

Le lundi qui suivit, dame Fleurette se mit en route pour aller rechercher sa fille, tout droit vers la campagne ; elle était seule, son mari n'étant pas encore rentré de son voyage à l'étranger.

Elle prit le train, car elle ne savait pas conduire et de plus, Dame Fleurette n'avait pas le sens

de l'orientation. Après une bonne heure de train, elle arriva à la gare de la ville des Sapinaires.

Il fallait encore marcher un bon quart d'heure, pour arriver près du centre Mimosapin.

Mais Madame décida de prendre un taxi aux chevaux.

3

Elle arriva à l'entrée du centre.

Et entra dans la clinique, se dirigeant vers l'accueil.

« Bonjour, je viens chercher ma fille Célénia qui est hospitalisée depuis plusieurs mois. J'ai reçu un avis de la clinique. Elle sort aujourd'hui. Je viens pour la reprendre.

— Je suppose que vous êtes Madame Fleurette Mirobon ?

— Oui, c'est bien moi.

— Je vous invite à me suivre, Madame, nous devons tout d'abord faire les formalités de sortie, vu qu'elle est ici depuis plusieurs mois déjà.

Mais ne vous en faites pas, elle est prête, elle vous attend. » Célénia a neuf mois maintenant. « Elle a bien grandi, savez-vous Madame.

— Je n'ai pas su lui rendre visite ces derniers temps, mais je vais enfin la retrouver. »

Quand elles eurent fini les formalités, une infirmière vint accompagner Madame.
Cette infirmière, et elle n'était pas la seule, s'était bien attachée à la petite au fil des mois. C'était pour elles une dure journée, celle du départ de la petite.

« Je l'aime beaucoup votre fille, Madame. »

Il faut dire qu'après une si longue période, quelques-unes étaient sous l'effet d'un choc ! On a beau dire de ne pas s'attacher, c'est quand même le cœur qui parle, et bien sûr, un petit cœur comme ça ! On s'y attache, forcément !

Madame et Célénia étaient prêtes au départ.

Les infirmières se mirent à verser des larmes, sous l'effet de l'émotion.

Mais, c'est comme cela la dure réalité de la vie.

Ils la prirent en photo pour ne jamais l'oublier.

La maman et sa fillette prirent enfin le chemin du retour. Oui, Célénia rentrait chez elle.

Dame Fleurette était toujours toute en fleurs, avec son chapeau décoré de fleurs, sa robe pareille fleurie, et son sac à main en forme de rose, couleur bonbon…

Elle était très, très jolie : il dépassait même des marguerites de sa poche.

Madame avait hésité à la naissance de la petite, elle voulait l'appeler Jonquille. Heureusement que Monsieur avait proposé de l'appeler Célénia ! Jonquille, c'est beau, mais ce n'est pas courant pour une petite fille.

Arrivée en ville, Madame passa un instant chez une amie, Madame Quille, lui présenter la petite. Dame Quille ne l'avait encore jamais vue. La chère Madame Quille avait donc préparé de petits gâteaux pour l'arrivée de Célénia.

« Ôlla, dites donc, elle est bien, la petite, on voit qu'elle revient de la campagne ; ses joues sont comme de petites pommes rouges, elle pète le feu, cela fait plaisir à voir.

— Oui, mais le plus important c'est qu'elle soit guérie.

— Dis, Fleurette ! As-tu écouté la radio ce matin ?

— Non ! qu'as-tu entendu ?

— La bataille, voyons ! La guerre… ! Elle est déclarée. Ça ne te fait pas peur ?

— Eh bien oui, bien sûr, mais que peut-on bien y faire ?

— Pour l'instant absolument rien. Bien que les messieurs vont devoir partir au front.

— Oui, mais pour le mien, ils ont intérêt à accepter sa bouteille à la place de sa mitraillette. Et puis, avec son nez rouge, il serait la première cible. Déjà, que la petite le prend pour une grosse fraise, son nez »

Dame Fleurette s'abaissa vers la poussette pour sourire à la petite, mais le bébé saisit une marguerite dépassant de la poche de sa mère, la mit en bouche et la mastiqua.

« Hou la la, je crois qu'elle a avalé une marguerite ! »

Madame n'était pas habituée aux enfants,
même si c'était sa fille ; après tout, c'était son
seul enfant et elle la connaissait à peine.

« Ce n'est pas grave ! Elle a pris cette fleur pour
un bonbon », dit Dame Quille.

La petite était encore en train de la mastiquer.

« Veux-tu bien recracher cette marguerite ? J'ai
peur qu'elle ne retombe malade !

— Mais non voyons, ça se mange les fleurs,
elle ne risque rien.

— Oui, mais ça commence bien, dit-elle, en regardant la petite, j'espère, qu'elle n'est quand
même pas.

— Pas quoi ? répliqua Dame Quille.

— Eh bien ! tu sais tout de même ? Ma belle-
mère, la lutine et mon beau-père...
— Et quoi ? Qu'ont-ils à voir avec ta fille ?

— Tu n'as pas remarqué ses petites oreilles, on
dirait qu'elles sont un peu pointues.

— Non, mais maintenant que tu me le dis, effectivement... mais non, ce n'est pas sûr voyons, de toute façon, elle est trop jeune encore, cela ne se développe qu'après leurs dix ans. Et les mâles, eux, à leurs douze ans.

— Oui, mais s'il te plaît, ne parle pas de ma fille comme d'un animal.

— Mais non, excuse-moi, Fleurette, mais enfin c'est toi qui me dis qu'elle a du sang de lutine !

— Je n'ai pas dit cela ! je doute… enfin oui, je préfère en rester là avec cette conversation. »

La petite fille, quant à elle, trouvait les fleurs à son goût. Mais Madame n'était pas satisfaite : elle essaya d'ouvrir la bouche de la petite. Mais Célénia avait rapidement avalé le reste de la fleur. Heureusement qu'elle était comestible.

« Mais de toute façon, si c'est une lutine, elles digèrent tous les fruits et autres fleurs de la forêt.

— Je vais devoir rentrer maintenant, car elle doit être fatiguée, après ce long voyage.

— Oui, je dois partir moi aussi. J'ai rendez-vous, chez le coiffeur.

— On se téléphone, allez, à bientôt. »

Madame repartit donc à sa résidence.

« Le voyage a été long, je vais te déposer dans ta chambre, mon cœur, tu vas pouvoir te reposer un peu, et moi aussi, par la même occasion ! » Elle mit le bébé dans son petit lit, et prit ensuite la petite malle, commença à la débarrasser. Elle trouva au fond de celle-ci un document, où il était inscrit, de la main du spécialiste :

« Consigne pour Célénia, à faire ! il y avait une flèche, tournant vers la droite », mais Dame Fleurette ne prit pas le temps de lire la suite, elle le déposa au fond de la malle, qu'elle ferma et rangea au grenier.

Une courte période passa, et Monsieur revint à son domicile. Tout allait pour le mieux quand Monsieur fut appelé pour partir en guerre. C'était en quatorze dix-huit.

Dans l'entre-temps, Madame continua ses affaires. Mais un jour à l'aube, elle reçut un appel. Provenance : les quartiers militaires.

« Tiens, qui cela peut-il bien être à cette heure si matinale ? »

Ça sonne, ça sonne !

« Je viens, il faut bien que je me lève de mon lit, bon sang de bonsoir... Allô, Madame Fleurette, à l'appareil.

— Bonjour, Madame, désolée de vous réveiller aussitôt. J'ai une mauvaise nouvelle à vous annoncer, est-ce que vous pouvez vous asseoir s'il vous plaît ?

— Mais enfin que se passe-t-il ?

— Vous allez recevoir un courrier prochainement.

C'est au sujet de votre mari, il a eu un accident !

— Est-ce qu'il va bien ?

— Non, c'est une bien triste nouvelle que j'ai à vous annoncer. Voilà, votre mari est porté disparu, une mine, Madame !

— Ce n'est pas possible !

— Oui, ils sont tous morts ! Nous sommes désolés. »

Madame, bien sûr, s'effondra sur le canapé.

« Que vais-je faire maintenant ? Et la petite, elle n'a plus de père ! »

Elle enterra son mari, Monsieur Mirobon.

Après un long moment de deuil, en grande dépression, elle prit le téléphone et sonna à son médecin de famille.

Dring, dring.
« Allô.

— Bonjour docteur, c'est Madame Mirobon à l'appareil

— Oui, je vous écoute, que se passe-t-il ?

— Je ne suis pas en pleine forme docteur, je me sens trop souffrante, tout me fait peur depuis que mon mari est décédé. J'ai même fait une tentative de suicide. Enfin depuis qu'il a été porté disparu, je rêve toutes les nuits qu'il revient ici, à la résidence.
Je n'arrive même plus à m'occuper de la petite, que vais-je faire ? Aidez-moi, je vous prie, docteur.

— Vous êtes en dépression Madame, vous ne devez pas demeurer ainsi, je vais voir ce que je peux faire. Je vous rappelle dans quelques heures ; pour l'instant, couchez-vous un peu. Demandez de l'aide à votre amie ou à votre femme de ménage.

— Merci docteur, j'attends donc votre appel
avec impatience ».
Après quelques minutes, dring, dring à nouveau.
« Allô !

— Oui, voilà, c'est le médecin ici, je me suis
renseigné, vous devriez entrer dans un centre
psychiatrique pendant quelques mois pour vous
remettre d'aplomb, vous ne pouvez pas rester
comme ça, Madame !

— Oui, mais, vous oubliez que j'ai un enfant,
Docteur.

— Oui, en fait, non ! Je n'ai pas oublié, je me
suis aussi renseigné pour votre fille, si, bien sûr,
cela vous convient, il y a de la place au centre
de Terfallen, c'est très bien pour les jeunes enfants. On s'en occupe très bien dans ce centre,
cela vous permettra de vous soigner tranquillement. C'est à vous de voir. Mais quel âge a-t-
elle maintenant, quatre ans ?

— Oui, elle a quatre ans et demi.
— Eh bien, c'est pour son âge.
— Oui, mais c'est un peu difficile pour moi ;
de me séparer de ma petite fille !

— Je comprends, mais pour elle, vous devez le faire.

— Oui, je vais prendre mes dispositions pour la faire rentrer dans ce centre pour jeunes enfants. Mais je serai tellement triste qu'elle soit si loin de moi !

— C'est bien, de mon côté je vais vous prendre une place au centre psychiatrique. Je vous recontacte pour vous donner le jour et l'heure de votre entrée au centre. »

Tout se fit comme il avait été dit. Elle amena la petite à Terfallen ; puis, entra au centre psychiatrique pour quelques mois.

Quand les mois furent passés, Dame Fleurette put rentrer chez elle. Elle allait visiblement un peu mieux, mais pas encore tout à fait guérit.

Elle alla rechercher Célénia, mais ce ne fut que pour une courte durée.

À peine quelques mois plus tard, elle dut reconfier Célénia au centre de jeunesse de Terfallen et retourner au centre psychiatrique, puis en maison de revalidation.

Pendant ce temps, la fillette grandissait. Elle avait déjà six ans.

Le centre de jeunesse contacta Dame Fleurette qui était toujours en revalidation pour l'informer qu'elle devrait changer la fillette de centre.

Chez eux, il n'y avait pas d'école primaire !

« Où vais-je pouvoir la mettre ? Ah oui, la lettre mentionnait une adresse, c'est vrai. Il y a aussi un numéro de téléphone. »

Elle avait bien toutes les informations nécessaires en ce domaine, certaines données par son mari luï-même. Et cela, « avant tout propos ». Elle sonna au château de Winder-Champs, où l'on prenait en charge certains enfants dont les parents avaient des difficultés diverses, ainsi que sous certaines conditions. Elles apprenaient à être de bonnes petites lutines, et là, il y avait bien une école primaire.

Dame Fleurette fut soulagée, il y avait une place pour sa fille. Elle se dit que c'était là, surement le meilleur endroit pour sa fille.

Que si la petite était bien ce qu'elle croyait, il ne fallait surtout pas la mettre n'importe où.

Mais elle devait l'amener elle-même, jusqu'au château

.

4

Elle alla rechercher sa fille du centre de Terffalen.

« Bonjour, ma chérie, comment vas-tu ?

— Bien, Madame, hum, je voulais dire Maman. »

Elle était tellement habituée à dire Madame, que ces mots lui sortaient tous seuls de la bouche.

« Où allons-nous ? demanda-t-elle.
— Tu verras, c'est une surprise… ! »

Et fit la route avec la petite en train. Arrivée à la gare, il fallait encore marcher quelques kilomètres.

Pendant la marche, Madame tomba à terre, due à une faiblesse à son état de santé.

Que-ce passe-t-il maman ?

Ça va ma chérie, j'ai trébuché.

« Est-ce encore loin Maman ?

— Oui, il faut encore marcher un petit peu. Mais tu verras ! C'est en pleine campagne. Je suis sûre, et même certaine que tu vas aimer ma chérie.

— Non, Maman, je préfère rester avec toi.

— Je comprends, ma puce. Mais je ne pourrais pas pour l'instant. »

Elles continuèrent à marcher sur de petits chemins et arrivèrent près d'une grande grille, c'était un immense domaine, privé évidemment.

Elles entrèrent dans cette étendue qui sentait le mystère des profondeurs de la forêt. Pour la fillette c'était l'immensité.

En pénétrant plus avant dans le domaine, elles virent au loin un gigantesque château, une merveille.

Elles pouvaient aussi apercevoir deux tours sur les côtés.

« J'ai peur, maman. Des fantômes, » dit la petite.

Sur ces dires, ses oreilles s'allongèrent un peu.

Et cela, tout en tirant sur la veste en peaux de renard de Madame.

« Ne dis pas, de bêtises voyons ma puce.
Il n'y a pas de fantômes, ce sont des histoires.
Tu verras, il y a d'autres enfants comme toi ici.
Ils n'ont pas peur et ne croient pas aux fantômes.
Je suis sûre que tu vas aimer cet endroit.
Regarde, vois-tu là-bas au loin comme c'est beau.

Elles continuèrent à monter vers le château, Célénia en marchant déposa sa jolie petite tête sur la main de sa mère, et quelques minutes plus tard, elles arrivèrent devant l'entrée du château.

Du Domaine Winder-Champs

Elles montèrent les premières marches. Il y avait là devant elles, un très grand portail en bois, d'une hauteur d'au moins six mètres de haut, d'une double porte.

Main dans la main, devant la porte du château, Dame Fleurette sonna.

Après un moment d'attente, on vint leur ouvrir.

Domaine Winder-Champs

« Bonjour, je suis Dame Marie-Louise

— Bonjour, Madame, je viens vous déposer ma fille.

— Nous vous attendions. »

Madame Fleurette parla longuement avec Dame Marie-Louise, en lui exposant ses problèmes, et lui confia l'enfant.

« Je vous confie ma fille et viendrai la rechercher dès que mon état se sera amélioré. »

Quand elles eurent fini les formalités, il était temps de se séparer. Dame Marie-Louise voulut prendre la main de Célénia, mais celle-ci fit un bond en arrière et s'agrippa à la jupe de sa mère.

« Viens avec moi, je vais te monter ta couchette.

— Non, je ne veux pas ! Je veux rester avec ma maman. »

Dame Marie-Louise essaya de tirer tant bien que mal la fillette vers elle, mais Célénia tenait fermement la jupe d'une main et de l'autre la jambe de sa mère. Ce fut difficile de l'en dégager !

Elle pleurnichait et ne voulait pas lâcher… Dame sa mère versa quelques larmes sur le coup de l'émotion. Elle finit par lâcher et Madame disparut au loin.

Dame Marie-Louise et Célénia pénétrèrent, dans le château, et pendant qu'elles traversaient le grand hall de carrelage à damiers noirs et blancs, la petite miss regardait tout en silence vers le plafond. Car, pour elle, c'était interminable… Elle admira un grand lustre de pendeloques de cristal. Ensuite, un autre lustre, qu'elle dévora des yeux, auxquels pendaient de grosses larmes, qui reflétaient de petites lumières aux couleurs flamboyantes.

Silence et fascination, cela l'impressionnait tellement qu'elle sentit bizarrement que ses oreilles avaient l'air d'avoir un peu grandi en cet instant.

« Oh ! là, j'ai la tête tout ébouriffée. Est-ce qu'il va jusqu'au ciel ?

— Non pas du tout.

— Est-ce qu'il y aurait des fantômes ici ? dit-elle en tremblotant.

— Non, je n'en ai encore jamais vu ! Mais, si jamais tu en verrais, je t'autorise à venir m'en parler de suite ! Surtout si tu entendais des bruits bizarres ! Cela peut arriver dans un grand château comme celui-ci. On ne sait jamais. Nous pourrions à l'occasion leur offrir un petit café avec le service à café d'or et d'argent. Vois-tu, tu es à la campagne ici, ma petite fille, tu es à Winder-Champs. »

La fillette, bien sûr, la regarda tout étonner, avec un gramme de peur au ventre.

Que racontait-elle ? Y avait-il bien des fantômes dans ce château ? Et leur offrir un café, allons donc ! Elles commencèrent à monter de grandes marches. Il y avait une rampe d'escalier qui reluisait et brillait en fer forgé bien poli. Au premier palier était une statuette assez étrange, posée dans un coin.

Elles passèrent à côté, tout en montant les marches une par une. La fillette demanda :

« Qui est-ce ?

— C'est l'ancêtre des grandes oreilles.

— Des grandes oreilles !
Ah bon, » répondit-elle, en posant sa petite malle au sol ; elle toucha alors ses petites oreilles en regardant le personnage sculpté de bronze

∞

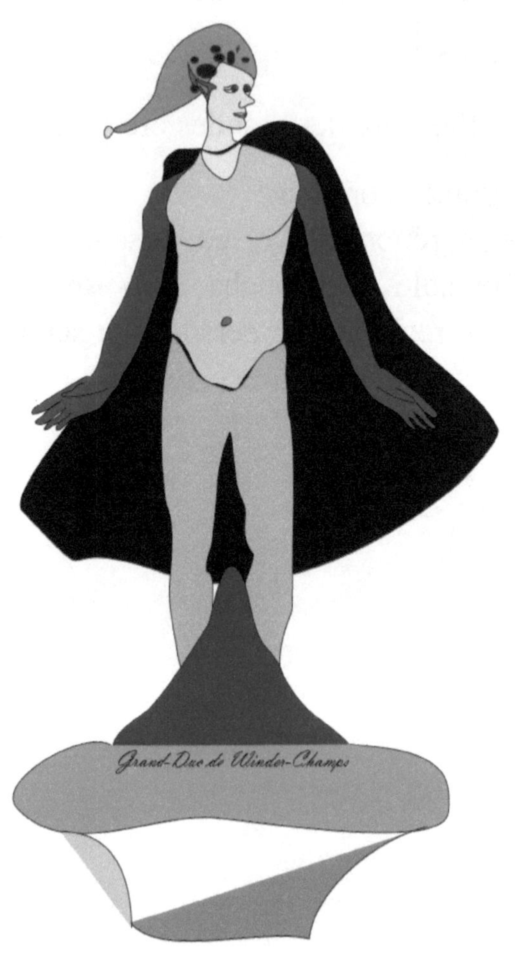

Grand-Duc de Winder-Champs

« Sommes-nous presque arrivées ? » reprit-elle en courant rejoindre Madame.

—Encore un étage puis nous y sommes, allez, courage… Nous y voilà. Viens suis-moi, nous allons rentrer dans le dortoir des claires joies ; Tu feras partie de ce groupe. Des petites lutines. Tu vas poser tes bagages ici, ensuite, tu te prépareras, pendant que j'irai chercher de quoi te vêtir.

— Mais, je n'ai pas besoin de vêtements, j'ai déjà mes vêtements dans ma malle.

— Je sais, mais vois-tu, ici, tous nos pensionnaires, et cela sans exception doivent porter les tenues de Winder-Champs ? D'autant plus, que nous devons pouvoir les retrouver en cas de fugue ou de perte. »
Elle alla chercher la tenue, mais avant, elle prit aussi les mesures et la taille de la fillette.

Après s'être déshabillée, Célénia regarda autour d'elle, elle vit trois rangées de lits. Mais aussi, une petite pièce qui se situait au fond du dortoir. C'était la chambre des surveillantes.

Une porte claqua, la fillette sursauta.

« Voilà, je pense que celle-ci devrait te convenir. Essaye ! Oui, celle-ci a l'air d'aller. Enfile ces vêtements, et n'oublie pas de mettre le tablier jaune des claires joies. »

Chaque groupe d'âge avait une couleur de tablier différente. Pour les guides de dix à douze ans, c'était des tabliers bleus avec des lucioles ; elles portaient également de petits bonnets pointus de couleur orange.

Pour les jeunes filles de huit à dix ans, c'étaient les tabliers roses ; elles aussi portaient de petits bonnets ronds verts et noirs avec un pompon qui pendait à son extrémité.

Et bien sûr, pour les enfants de six à dix ans, comme l'âge de la fillette, c'étaient les tabliers jaunes, avec de petites coccinelles… Et pour elle aussi, il y avait de petits chapeaux rouges et pointus, avec une petite floche qui pendait par-dessus les bonnets.

« J'avais oublié, veux-tu faire ton lit, mettre tes draps, avant d'aller rejoindre ton groupe ?

— Je ne sais pas faire de lit, Madame.

— À partir d'aujourd'hui, il faudra que tu apprennes. C'est comme ça pour tous nos pensionnaires, m'as-tu comprise ?

— Oui Madame Marie-Louise, je ferai de mon mieux.

— Bon, continue de faire ton lit. Ensuite nous irons rejoindre ton nouveau groupe, et n'oublie pas de mettre ton tablier et ton bonnet de lutine… ! »

Elle fut ainsi présentée et intégrée chez les claires joies. Elle se fit rapidement une amie :

Belindays, qui s'était retrouvée au centre Winder-Champs, pour cause de mauvaise conduite, bien que cette jeune fille n'eût que neuf ans.

Il était prévu qu'elles aillent à l'école ainsi qu'à la grande réception certains dimanches. Là où elles pouvaient y rencontrer leurs frères, pour celles qui en avaient ! Une fois cette réunion terminée, tout le monde était rassemblé dans la grande cour en face du château où les enfants pouvaient jouer ensemble pendant une heure.

Dès lors, Célénia s'intégra parfaitement ; somme toute, il faut bien le reconnaitre, tout allait pour le mieux.

La jeune demoiselle était gourmande et la nourriture vraiment délicieuse. Elle était préparée par la vieille Céline qui travaillait là, en partie dans les cuisines, depuis de longues années, c'est-à-dire plus de quarante ans.

Elle avait consacré sa vie aux enfants, et ne s'était jamais mariée. C'était une femme merveilleuse, tous les enfants l'aimaient énormément. Toujours là pour les aider, leur préparer de bons petits plats. Mais ce que préféraient les enfants, c'était la bonne maquée, préparée avec le lait des petites brebis.

Comme tous les pensionnaires de Winder-Champs, Célénia alla à l'école, située dans le domaine même.

Chaque jour de congé étaient prévues des activités : jeux de piste dans les bois, visites de musées, natation, et toutes sortes d'autres activités.

Le soir, avant de dormir, une veillée était organisée, et cela pendant une heure.

Les enfants pouvaient librement se faire la lecture, jeux de lutins, jouer au jeu de l'oie, jeu des osselets, gribouillages de feuilles et bien d'autres encore.

Un jour de veillée, son amie vint doucement s'installer tout près de petite miss, et lui commanda :

« Eh ! viens, suis-moi. »

Célénia lui répondit avec des grimaces.

« Non, lui faisait-elle comprendre. Mais où veux-tu que nous allions ? » dit-elle, en parlant doucement, avec des gestes comme une sourde et muette. Mais quoi ?

« Viens là, répondit son amie, » en lui parlant aussi avec de grands gestes.

Elle se faufila entre les lits comme une anguille pour ne pas se faire repérer, et cela jusqu'à la porte d'entrée du dortoir.

Une fois derrière celle-ci, elle vit, rassemblée à cet endroit, plusieurs de ses camarades vêtues de leurs bonnets de lutine et de leurs petits chaussons.

« Mais que se passe-t-il, demanda-t-elle ?

— Viens avec nous, nous allons faire une petite visite. Tu verras, suis-nous, » lui dit son amie Belindays.

Célénia trouvait cela un petit peu bizarre. Néanmoins, elle la suivit, comme les autres enfants.

Son amie les emmena dans la grande salle de réception. Elles entrèrent, et se dirigèrent vers une armoire collée au mur.

« Que va-t-on faire là ? » demanda petite miss.

Belindays prit et ouvrit une boite. Les fillettes étaient tout abasourdies ! Mais, il n'y avait rien dans cette boite de bois sculpté en merisier… Belindays regarda et trouva une autre boite. Une boite à documents.

Elles s'amusèrent en mimant les jours de réception, gribouillant sur les documents avec des crayons de couleur.

Petite miss (Célénia) n'était pas à son aise, mais cela l'avait tout de même amusée.

Les lutines retournèrent rapidement à la veillée, sans se faire voir.

Le lendemain, c'était vendredi, jour d'école. Le samedi, une fois par mois, était prévue la visite des parents.

Tous les enfants étaient habillés convenablement de la tête aux pieds. Ils attendaient leurs parents bien tranquillement dans la belle salle, jouant avec des jeux de cartes, des puzzles, ainsi qu'à divers autres jeux. Ils étaient tout contents et attendaient impatiemment l'arrivée de leur famille.
Ils étaient appelés, un par un, par l'éducatrice qui était chargée de cette journée bien particulière.

Oui, mais malheureusement, tous les enfants n'avaient pas spécialement la visite de leurs parents…

Il y avait ceux qui riaient, mais aussi ceux qui pleuraient. Bien sûr, tout cela en fin de journée.

Et cette fois-là, Célénia était restée collée toute la journée à la fenêtre de la grande salle de jeux. Attendant la seule visite du mois…

Elle resta bredouille : ce jour-là, il n'y eut pas de visite pour la demoiselle.

L'éducatrice vint la rechercher, vu que Célénia n'avait visiblement pas quitté la fenêtre de toute la journée.

« Célénia vient, elle ne viendra plus, sais-tu ! » Mais la petite demoiselle ne bougea pas de la fenêtre, regardant dans le vide.

« Viens, » lui dit l'éducatrice en la prenant par la main et la tirant vers elle.

Mais Célénia refusait de bouger ; ce n'est qu'après un long moment qu'elle finit tout de même par accepter, alors que de nombreuses larmes coulaient de ses grands yeux sur ses petites joues roses. Elle courut dans la direction du dortoir., perdant son bonnet de lutine. Puis, se faufila tout habillée dans son petit lit de poupée. Après avoir bien fait couler de nombreuses et grosses larmes de crocodile, elle s'endormit enfin, le cœur plein de chagrin.

Le lendemain matin, la fillette avait l'air d'aller mieux.

Vint le jour de la grande réception. Après le petit-déjeuner, les fillettes devaient se rendre à la salle qui se trouvait en dessous, entre les deux grandes tours.

Tous les enfants furent mis en rang deux par deux et traversèrent la cour du château, pour s'y rendre.

Une fois à l'intérieur, ils prirent place sur les bancs de bois. De nouvelles directives furent données et les éducatrices prirent la boite à documents : c'est alors qu'elles s'aperçurent du désastre.

Car tous les documents étaient abîmés, pleins de gribouillis.

Oui, bien sûr, comme vous vous en doutez, ce fut un choc pour les dirigeants. Mais malgré cette perturbation, ils continuèrent jusqu'à la fin. Ce dimanche-là, il n'y eut pas longtemps de grande réception. Après la réception, devant le mécontentement des dirigeants, les fillettes tremblaient toutes, sauf Belindays.

Elles furent toutes questionnées, une à une.

Une des jeunes filles dévoila toute la vérité : Belindays était l'instigatrice. La coupable fut appelée dans le bureau de la direction, et dut s'expliquer de cette mauvaise conduite.

La décision fut rude.

Quand elle revint, Belindays passa rapidement devant les fillettes sans rien dire.

Petite miss courue à sa rencontre pour en savoir davantage.

« Que s'est-il passé ?

— Laisse-moi tranquille.

— Je veux juste le savoir.

— Que veux-tu savoir ? Eh bien ! vois-tu, je suis renvoyée pour mauvaise conduite. Pour ne pas changer. C'est déjà la troisième fois que je suis mis à la porte ! Si tu veux, tu peux m'accompagner.

— Hum ! Non... Et tes parents, où sont-ils ?

— Mes parents ! ils s'en moquent, ils ne se sont jamais occupés de moi réellement.
Et toi ?

— Moi, maman m'aime, mais elle n'est pas venue à la visite

— Tu vois ? Toi aussi, tes parents s'en contre-fichent ! Viens avec moi, je connais des endroits où l'on sera comme des coqs en pâtes…

Non, je ne veux pas ressembler à un coq empaqueté. De plus si maman venait, je ne serais pas au rendez-vous.
— Bon, adieu. Et ne dis pas que tu m'as vue. »

Ainsi elle disparut au loin sur un chemin dans les bois.

5

Jeu de piste dans les bois

Après l'école le mercredi après-midi, comme souvent, des jeux de piste étaient prévus dans les bois du domaine.

C'était mi-septembre, les enfants furent mis par groupes de dix, pour commencer un jeu de piste. Des marques et des foulards avaient été placés un peu partout, accrochés sur les branches de certains arbres de la forêt domaniale. Il fallait retrouver le trésor. Enfin, le groupe qui trouverait le trésor gagnait une boite pleine de bonbons. Ils partirent chacun de leur côté en chantant à pleine voix : « un kilomètre à snif ça use les pantifs. » La petite demoiselle aimait beaucoup ce genre d'activités. C'était plus qu'un simple jeu. Cela lui permettait de découvrir les plantes, ainsi que la petite rivière qui longeait la propriété, les fruits et les animaux de la forêt ; elle s'amusait fort bien quand soudainement, un petit oiseau siffleur se mit à siffler près de son oreille, si bien, qu'elle fut impressionnée Il volait et volait encore et encore. Elle se mit à le suivre, et quitta le groupe par inadvertance.

Elle arriva dans un endroit bien mystérieux.

Les fleurs sortirent de terre, dès qu'elle chanta !

Après avoir suivi le petit oiseau siffleur, elle vit sur un tronc de bois, une petite coccinelle, posée là, en train de se promener.

Elle prit donc doucement la petite coccinelle sur son index et se mit à chanter la chanson du Bon Seigneur.

C'est à ce moment-là qu'elle vit les fleurs sortir de la terre, une après l'autre.

« Oh, c'est magique ça » dit la fillette en regardant ce spectacle.

Elle suivit la piste des fleurs et arriva près d'un arbre, géant qu'il était, et qu'elle regarda, les yeux levés vers le ciel.

On aurait dit qu'il avait de grandes pattes qui lui retombaient vers le sol.

De nombreuses petites feuilles vert clair lui recouvraient ses grandes ailes. Elle l'admira, et se remit en route. En marchant sur le rebord, elle vit des mûres se promener. Friande de ce genre de fruits, elle se mit à courir pour les attraper et les déguster.

À un moment donné, elle crut sentir souffler le vent, car les grandes pattes du grand arbre venaient tournoyer autour de son petit corps de freluquet, et la frôlèrent… Elle stoppa la cueillette et resta un instant figé, à regarder la danse de l'arbre dont les grandes ailes tournoyaient.

Puis, les pattes en forme d'ailes se retirèrent et la fillette repartit en regardant l'arbre avec un instant d'hésitation. Et elle s'encourut.

« Ah ! je t'ai, toi, » dit-elle en attrapant une grosse mûre bien noire qui sautait de haut en bas.

Quelques moments plus tard, elle entendit crier son nom au loin. Elle se dépêcha de retourner vers ses camarades. Le jeu de piste était terminé.

« Nous avons perdu, lui dirent ses camarades.

Mais où étais-tu ?

— Oh ! répliqua-t-elle, c'est dommage ! Nous n'aurons pas trouvé le trésor ! Eh bien tant pis. » Sans autre commentaire.

Elle monta en courant sur un gros talus, et se remit à attraper des mûres. Elle les avalait goulûment. Au point que ses beaux vêtements se retrouvèrent tachés de partout. Elle se pressa d'en manger le plus possible. Tant pis pour la punition, c'est trop bon, se dit-elle.

Un peu plus loin, le groupe s'était rassemblé pour retourner vers le château. Une éducatrice était arrivée pour les raccompagner. La nuit commençait à tomber, la brume enveloppait le paysage, et la petite lutine était toujours sur le talus, quand un enfant du groupe s'écria ;
« Eh ! Regardez là-bas, il y a un fantôme, » en montrant vers le brouillard.

Tous les enfants prirent peur, mais l'éducatrice leur dit qu'il n'y avait rien à craindre. Pour les rassurer… quand l'éducatrice se mit à regarder à son tour vers la brume, elle vit une grande forme, une ombre noire qui bougeait dans le brouillard.

La petite miss de son côté n'entendait rien. Elle était bien trop occupée à manger les mûres qui couraient partout.

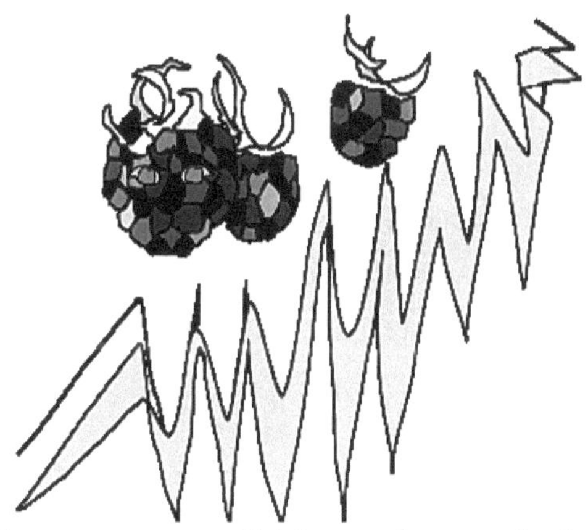

Dans l'entre-temps, l'éducatrice avait demandé à tous les enfants du groupe de se dépêcher pour rentrer.

« Courez, leur dit-elle. Vite — vite — vite, » et elle en oublia la fillette.

Qui, se retourna et ne vit plus personne à l'endroit, où ils se trouvaient un instant avant. Néanmoins, la fillette les aperçut, au loin, courir à toute allure. Tout étonnée, elle se demanda :

« Tiens ! Est-ce qu'ils font la course ?
Ah, je me demande qui va gagner cette fois.»

Pendant ce temps, le fantôme sortait lentement du brouillard. Célénia se retourna et vit effectivement comme une grande ombre noire qui bougeait de droite à gauche au loin dans cette brume épaisse.

De loin ! Car elle n'était pas tout près. Elle crut apercevoir une silhouette, avec une grande cape noire, qui partait de tous les côtés, et qui avançait très rapidement en s'enfonçant dans la forêt.

La fillette se demanda ce que cela pouvait bien être.

Elle décida de suivre cette bizarrerie, qui s'enfonçait dans le mystère des profondeurs de la forêt, en suivant et restant derrière cette chose.

Avançant à petits pas, elle se cacha derrière de gros troncs d'arbres jusqu'au moment où elle perdit de vue cette chose.

Mais elle continua d'avancer, car elle crut distinguer au loin une petite cabane.

Intriguée, elle s'en approcha avec grande imprudence.

« Que pourrait-il bien y avoir dans cette cabane ? » se demanda-t-elle.

Elle regarda par de petites fenêtres poussiéreuses. Elle frotta celles-ci avec un bout de sa floche pour mieux voir à l'intérieur.

 Elle aperçut, à ce moment-là, quelque chose qui l'interpella.

Oui ! Un bonnet rouge et carré de lutine traînait sur le sol…

« Hou la la, j'ai froid ! » frissonna-t-elle.

Elle ressentit à cet instant un vent glacial et eut très peur !

Elle se mit aussitôt à courir tellement vite qu'un lièvre n'aurait pu la suivre, en se cognant et se faisant érafler par les branches des arbres.

À l'autre bout du domaine, l'éducatrice essayait d'informer la directrice de cette bien triste nouvelle.

Eh bien oui... ! Qu'ils avaient rencontré un fantôme dans les bois du domaine, ensuite qu'elles avaient pris leurs jambes à leur cou, qu'elle-même en avait oublié la petite Célénia dans les bois.

« Seigneur ! dit-elle en s'adressant à la directrice. Oh Madame, si vous saviez ce qui nous est arrivé ! la petite, elle est. »

Elle bégayait, tellement elle était effrayée.

« Mais enfin, calmez-vous, dit Madame Marie-Louise. Je ne comprends rien à ce que vous me racontez. Que se passe-t-il ? »

Tous les enfants du groupe des claires joies avaient suivi leur éducatrice. Elles étaient toutes là, à tendre leurs oreilles, qui dépassaient en s'allongeant de leurs bonnets de lutines, pour écouter de plus près l'histoire du fantôme.

Un enfant prit la parole.

« Oui madame, il y avait un loup-garou avec de grande dents-grrrrr qui bavait et qui faisait Gurr

Et c'est à ce moment-là qu'il a mangé notre camarade.

— Où est la gamine ? s'écria Madame la Directrice.

— Dans les bois, Madame.

— Il faut la retrouver très vite. Que tout le monde se prépare, nous partons dans un instant. »

Tous les enfants se pressèrent, voulant suivre les éducatrices. Mais la directrice les stoppa.

« Oh ! là, vous, vous restez ici au château.

— Nous restons seuls ?

— Oui, nous n'avons pas le choix… Que personne ne bouge d'ici, est-ce clair ? Allez tous dans votre lit, et n'en bougez surtout pas, jusqu'à nouvel ordre.

— Oui, Madame, » s'écrièrent les enfants qui se mirent tous à courir vers leur dortoir, sautant dans leur petit lit.

Pendant ce temps, la fillette ne retrouvait plus son chemin. Elle s'était perdue, en plein milieu

de la forêt où elle entendait beaucoup de bruits bizarres.

Sa peur la guidant, elle rebroussa chemin et retrouva rapidement la cabane. Elle ne vit pas de lumière dans celle-ci, et décida de rentrer à l'intérieur, car elle était très fatiguée et avait froid. Elle s'abaissa pour ramasser le bonnet de lutine qui traînait par terre. Puis, tenant le bonnet en main, elle s'endormit sur un petit canapé. De l'autre côté, exténuées, les éducatrices, après plusieurs heures de recherche, rentrèrent au château bien sûr sans la fillette.

« Qu'allons-nous faire maintenant ? demanda l'éducatrice à la supérieure.

— Si d'ici, demain matin à la première heure, elle n'est pas rentrée, je n'aurai pas d'autre choix, que de prévenir sa mère ! Et bien sûr les autorités.

— Sa mère ? Mais enfin, vous savez que sa mère est très malade, nous allons la tuer avec une telle nouvelle.

— Ah oui, je n'y avait plus pensé.

— De plus, que les autres enfants n'ont jamais été retrouvées ! Mais oui, ne me regardez pas ainsi, Madame. La jeune fugueuse, Belindays, elle a disparu elle aussi, et l'autre gamine aussi.»

La nuit finissait de tomber et le matin arriva, quand le téléphone sonna au château, au rez-de-chaussée dans le bureau de la directrice. Celle-ci se pressa de répondre en espérant une bonne nouvelle à propos de la jeune demoiselle

Mais quelle ne fut pas sa surprise ?

« Bonjour, ici c'est le centre psychiatrique, nous avons une très mauvaise nouvelle à vous annoncer.

— Oui, je vous écoute, que se passe-t-il ?

— C'est pour vous faire part du décès de Madame

Fleurette Mirobon, elle a eu une crise cardiaque

Elle a bien sûr rédigé un testament pour sa fille

— OK, merci de m'avoir prévenue. »
La supérieure raccrocha et se laissa tomber sur la chaise qui se trouvait juste à côté de son bureau.

La petite de son côté s'était réveillée. Elle avait regardé partout dans la cabane, et avait trouvé un costume de lutin, qui traînait sur le sol plein de poussières, et déchiré, mais rien d'autre.

À part, le bonnet de lutin.

Elle décida de rentrer au château pour faire part de sa découverte. Mais pour cela, il fallait d'abord qu'elle retrouve son chemin.

Elle avançait à travers les fourrés épais quand soudainement derrière elle survint le petit oiseau siffleur, qui faisait à nouveau entendre son sifflement mélodieux.

À vrai dire, dans cette forêt vivaient des êtres d'un autre monde.

Elle décida de lui demander conseil.

« Arrête donc de siffler un instant lui dit-elle.

—Et dis-moi, par où dois-je aller, pour arriver au château de Winder-Champs ? »

Le petit pouillot siffleur, maladroit comme il était, tenta tant bien que mal de lui expliquer le chemin à suivre, au moyen de ses petites ailes qu'il bougeait tout en glissant, et en lui montrant tantôt à gauche et tantôt à droite. Tout le temps ainsi.

« Bon, disait-elle, je ne comprends rien à ton-Charabia. Je préfère quand tu sifflotes. Ce n'est pas la peine de continuer. Mais attends un peu, oui ! je vais demander à mes amies les cocci-nelles. »

Elle chercha les coccinelles et en trouva une sur une petite branche qui pendait et lui fit le même discours qu'à l'oiseau siffleur.

La petite coccinelle lui répondit en tournoyant. Là non plus, elle n'eut pas de réponse intelligible.

« Que vais-je faire ? Ah ! s'écria-t-elle, les mûres, elles doivent connaître parfaitement ces lieux, tous les environs, et même toute la forêt, puisqu'elles sont partout ! »

Elle alla donc trouver les mûres pour un petit questionnement.

« Arrêtez de sauter, leur dit-elle, ce n'est pas le bon moment. J'ai une faveur à vous demander.

Pourriez-vous me répondre plutôt que de sauter comme de petites folles, on dirait que vous avez des ressorts dans le ventre. »

Mais elle n'eut pas de réponse favorable.

« Bon, apparemment, elles ne savent rien, elles non plus. »

Petite miss avança dans les bois, n'arrivant pas à retrouver la bonne direction.

Elle se mit à chanter quand soudain elle reconnut un endroit où elle avait couru pour chercher des mûres. Le grand arbre était là devant elle. Exténuée, la petite fille se laissa tomber au sol, tout près de Saule.

À ce moment bien précis, elle sentit des chatouilles dans le creux de son cou. Elle se retourna, et vit que c'était l'une des grandes pattes du grand arbre qui la titillait.

Pour être étonnée, elle le fut.

En attrapant cette longue patte, qui ne faisait pas moins de dix mètres de haut, elle lui demanda. :

« Qui es-tu, toi ?

— **Je m'appelle Saule.**

— Pourquoi me chatouilles-tu avec tes longues pattes ?

— Ce ne sont pas de longues pattes, ce sont mes branches.

— On dirait des pattes ; de plus, elles sont toutes velues, avec de petites feuilles qui sont couchées la tête en bas, on dirait de mini chauves-souris toutes vertes !

— Non, ce n'est pas du tout ça. Ce n'est pas ce que tu crois !
'Je suis Saule, aux ailes majestueuses' ».

— Majestueux, vous dites ?
Combien mesurez-vous ?
— Je dirais au moins quinze mètres de haut, si
ce n'est pas encore plus.
Mais toi, que fais-tu ici jeune demoiselle ?

— Je suis perdue dans ces bois, je ne trouve
plus mon chemin, lui répondit-elle en pleurni-
chant un peu.

— Où habites-tu ?

— Au château !

— Ah oui, je connais bien le château.

— Comment pourrais-tu le connaître ? Tu vis
si loin de lui.

— Je le connais, puisque je puise une partie de
mon énergie de la petite rivière qui coule à côté
du château. Il me vient ainsi beaucoup d'infor-
mation qui coule dans la rivière vers mes racines.

— Ah bon, je trouve cela bizarre et étrange.

— N'as-tu pas deviné ?

— Non, que dois-je deviner ? lui répondit-elle.
— Eh bien, si tu suis la rivière, je te promets
que tu retrouveras le chemin qui mène au château.

Et de plus, vois-tu sur ta droite ?

— Qu'y a-t-il ? dit-elle, en regardant sur sa
droite.

— Le petit lapin, suis-le. Il t'emmènera tout
droit au château.

— Pourquoi ce petit lapin m'emmènerait-il au
château ?

— Parce qu'il a un bon odorat, il sent les bonnes odeurs de cuisine et là, il a faim. Je le sais, car il n'a pas mangé depuis plusieurs jours.

N'aurais-tu pas quelque chose à manger dans une de tes poches ?

— Je ne sais pas, je vais regarder. »

Elle fouilla ses poches et y trouva un vieux morceau de croûte toute desséchée ;

« Je n'ai que cela !
— Cela devrait aller, lui répondit -Saule. Accroche-le donc à une ficelle, et mets cette croûte devant le petit lapin, cela va le stimuler pour avancer. Grâce à l'odeur, il se rappellera qu'il a faim et il courra tout droit vers le château, tu n'auras qu'à le suivre.

— Merci, je pense que j'ai compris, je vais enlever un petit morceau de fil de mon bonnet de lutine. Ensuite, je vais l'accrocher à une petite branche. Puis j'accrocherai la vieille croûte au bout du fil.

— Ensuite, tu mettras l'appât devant Lapinou.
— Oui, j'y vais. »

Elle courut d'abord après Lapinou, mais il était bien trop rapide pour qu'elle puisse l'attraper aussi facilement.

« Ne cours plus après lui de cette façon… Tu ne l'attraperas jamais de la sorte. Arrête, laisse-le venir à toi », lui conseilla Saule.

Quand elle s'arrêta de courir, effectivement, il s'arrêta lui aussi. La fillette avança tout doucement ; après quelques instants et avec l'aide de Saule, elle fit un bond et l'attrapa.

Il tapota, de ses pattes sur son ventre, mais elle le tenait ferment.

« Arrête de gigoter ainsi.
Tu ne t'échapperas plus. Lui dit-elle. Maintenant que je t'ai, je ne te lâche plus.

— Il finira par se calmer, attends encore un instant.

— Voilà ! enfin il se calme. Je lui présente le bout de croûte. Ah, il renifle, ça y est, je crois qu'il est prêt.
Super, Merci Saule, lui dit-elle en s'éloignant.

— N'oublie pas de revenir me voir, surtout si tu as du chagrin de temps à autre, lui cria Saule.

— Oui, je n'y manquerai pas. » Lui répondit-elle.

Elle avança rapidement en suivant la rivière et en tenant le bâton à croûte.

Après une bonne heure de course, elle vit enfin le bout d'une des deux tours.

« Ah, je suis arrivée. Je vais pouvoir les informer de la Sainte-Nouvelle. Merci, le lapinou. Tu m'as été d'un grand secours ! » Le lapin tapotait de ses pattes au sol. Elle lui fit de gros bisous sur son petit museau : « Pas facile, si tu n'arrêtes pas de gigoter de la sorte. » Et elle le laissa repartir tranquillement.

Ensuite, elle se mit à courir vers le château, entra et alla tout droit vers le dortoir.

Les claires joies étaient en train de faire la sieste ; après le dîner du midi, cela était obligatoire pour un bon repos.

Quand son éducatrice et la directrice la virent, ce fut la joie et le soulagement.
Elles s'expliquèrent, mais tout ne fut pas dit. Et tout ne fut pas clair ! Qu'elle n'eût plus de maman, la directrice avait décidé que ce n'était point le bon moment pour lui en faire part.

Elles allèrent voir tout de suite à la cabane, mais ne trouvèrent rien de spécial. Aucune trace d'aucune sorte. Car Célénia en repartant de la cabane, avait emporté les vêtements et le bonnet de lutin qu'elle y avait trouvé, mais les avait perdus pendant sa course.

La vie reprit ainsi son cours normalement, quand un jour, la directrice parla d'une voix forte dans son bureau, assez fort pour titiller les grandes oreilles de Miss sans-gêne (miss

Lutine), qui passait justement de ce côté. Elle mit sa grande oreille contre le petit portail et entendit toute la conversation qui s'y tenait.

« Madame vous le devez. C'est même, votre devoir d'informer cette enfant, du décès de sa mère.

— Oui, j'y ai pensé, et cela pendant de longues nuits. Elle le saura un jour ou l'autre, c'est sûr, mais je préfère attendre qu'elle ait au moins onze ans, car pour l'instant, je la trouve si jeune, pour lui annoncer une telle nouvelle. C'est une enfant pleine de vie, savez-vous. Je n'ai pas le cœur de lui couper les ailes. De plus, elle n'a plus de famille. Mais oui, elle n'a jamais eu le moindre coup de téléphone, et ce, de qui que ce soit, elle n'a ni frère ni sœur !

— Quand comptez-vous l'annoncer à Célénia ?

— Je vais y réfléchir. Quittez mon bureau maintenant, je vous prie. »

Quand la porte s'entrouvrit, Miss Sans-Gêne se retira sur la pointe de ses saintes pantoufles.

Dans son innocence de petite lutine, elle monta au dortoir des claires joies et raconta tout ce qu'elle avait pu entendre à Célénia, et cela devant toutes ses camarades. Ce fut pour la jeune demoiselle comme une épée enfoncée en son cœur.

Elle se leva, prit son bonnet de lutine, et courut hors du château vers la forêt.

La directrice qui sortait à ce moment de son bureau la vit courir, sans comprendre ce qu'il se passait. Toutes les claires joies étant descendues dans le grand hall. Elles mirent la directrice au courant de la situation.

Pendant ce temps, la fillette était déjà très loin. Elle courait toujours, en suivant le ruisseau. Elle avait retenu la leçon et se dirigea vers son ami Saule aux ailes majestueuses. Arrivée sur le lieu où résidait Saule, elle tomba au pied de l'arbre en pleurant à chaudes larmes.

Saule avait bien constaté sa présence, mais il resta silencieux. Il attendit qu'elle ait presque fini, et soit du moins un peu calmée.

Ce n'est qu'alors qu'il prit la parole.

« Que se passe-t-il, petite miss ? Pourquoi verses-tu autant de larmes ?

— Je n'ai plus de maman, lui répondit-elle ! Et je me sens, comme un lustre à pampilles pleines de larmes. »

Elle se remit à pleurer encore et encore.

« Tu es venue au bon endroit. Calme-toi un peu, nous allons parler tous les deux. Tiens, essuie tes larmes avec les feuilles de mes branches. » C'est ce que la fillette fit, elle essuya ses larmes. « Vois-tu, à l'arrière, sur le dessus de mon tronc ? Tu verras des boites aux lettres, ainsi qu'une petite porte et un grand trou carré. Regarde.

— Des quoi ? Des boites aux lettres ? » Elle se leva et alla voir. « Oui, je les vois dit-elle. Il y en a deux. Il y a aussi une petite porte sur le côté et un grand trou carré. Que dois-je faire avec ces boites aux lettres ? À quoi servent telles ? lui demanda-t-elle toujours tristement. « Elles servent à envoyer du courrier.

Vois-tu ? Pour être courtois, on écrit une lettre de préférence sur un morceau de parchemin. En y inscrivant tout notre chagrin, et cela chaque semaine. C'est très important, si l'on veut que cela fonctionne. Passe donc ta main dans le trou carré qui se trouve en dessous des deux premières boites. Tu y trouveras du papier de parchemin ainsi qu'une gomme et un crayon de bois. »

La petite lutine exécuta la proposition de Saule

Elle prit dans le trou carré le parchemin, la gomme, le crayon de bois.

« Que dois-je y inscrire ? je ne sais pas très bien par où commencer.

— Eh bien, écris ce que tu ressens, ta douleur, ton chagrin… Par exemple : chère maman, je t'écris cette lettre pour te dire à quel point tu me manques. Je suis désolée de ta disparition et ai beaucoup de chagrin. Je suis sûre que là où tu es partie, tu es heureuse, et que tu veilles sur moi, ta petite lutine, chaque jour du haut des cieux. Je t'aime tendrement, Maman. »

La fillette exécuta à nouveau la proposition de Saule, qui était tout à fait appropriée.

« Voilà, j'ai terminé, lui dit-elle.

— Bien, maintenant, glisse-la dans la deuxième boite aux lettres en partant du haut. »
Elle se leva et son chagrin avait un peu diminué.

Quand elle essaya de mettre sa lettre de parchemin dans l'ouverture. Soudainement, un petit écureuil fit son apparition. Il se trouvait dans la boite aux lettres, et tendit son petit bras pour lui attraper le parchemin.

« Que se passe-t-il ? Tu n'y arrives pas ? lui cria Saule.

— Si, lui répondit-elle, mais il y a un petit écureuil vêtu d'une casquette de paille, qui vient juste de sortir de la boite aux lettres. Justement de la boite où glisser ma lettre de parchemin.

— Ah oui, je vois. Remets-la-lui. Il est ici pour t'aider.

— Pour m'aider dis-tu ?

— Oui, c'est le facteur de la forêt, il amène le courrier dans une grande bulle, qui s'envole vers le ciel.

Le facteur à la casquette de paille

C'est comme un ascenseur, puis quand il redescendra avec la réponse du courrier, il le déposera dans la deuxième boite aux lettres.

Là où tu devras revenir chercher le bilan de tes chagrins.

— Ah bon ! Je la lui donne, mais fais très attention,
Monsieur le facteur, de ne pas la perdre ! dit-elle en s'adressant au petit écureuil. Car elle m'est très précieuse cette lettre. Que dois-je faire d'autre ?

— Tu dois aussi faire la bulle voyons, sans cela, il ne pourra pas partir !

— Comment pourrais-je faire une telle bulle ? Je n'ai rien, pas même un petit morceau de savon pour la fabriquer ?

— En passant ta main dans le trou carré, tu trouveras une boite à bulles. Tu peux la prendre, et essaies de faire une très grosse bulle.

Pour qu'elle puisse porter à son bord le facteur.
Qu'elle puisse s'envoler dans le ciel. »
Elle fit donc ainsi. Commença à souffler très fort sur le trou de la languette de savon pour y faire une grosse bulle.

Le petit écureuil s'était préparé pour y monter.

Il avait enfilé sa veste de facteur et attendait là, la main tendue et prête à recevoir quelque chose. « Voilà, j'ai fini, dit-elle, de faire la bulle. J'espère qu'elle est assez grosse. Mais apparemment, il attend là, la main tendue. Comme attendant une récompense. Que dois-je faire d'autre ?

— À oui ! j'avais oublié de t'en informer. Il lui faudrait aussi quelques noisettes pour son énergie.

— Quelques noisettes. Mais, ou vais-je trouver des noisettes ?

— Vois-tu le tronc d'arbre couché sur le sol ? » Après avoir regardé çà et là, elle répliqua : « Je ne vois rien, où est-il ?

— Un peu plus bas, va vers le ruisseau ; quand tu l'auras trouvé, soulève-le, c'est là qu'il cache toutes ses provisions.

Tu en prendras quelques-unes, ensuite remets-les-lui. »

Elle suivit les instructions de Saule et trouva le tronc au sol, non loin du ruisseau. Elle prit les quelques noisettes qui restaient, et alla les lui donner. Il l'attendait en lui faisant une belle grimace de remerciement. Ensuite, il monta dans la grosse bulle, la fit bouger en sursautant et s'envola vers le ciel.

La petite miss le regarda s'envoler dans la grosse bulle vers les nuages.

« Voilà, j'ai exécuté tes dires. Maintenant, que dois-je faire d'autre ?

— Rien, si tu reviens la semaine prochaine, tu auras certainement un courrier de retour.

— OK, merci, à la semaine prochaine, Saule. »

Elle retourna au château et revint la semaine qui suivit, et cela tout en courant.

« Saule, je suis là.
Je suis revenue, » cria-t-elle en se pressant vers les boites aux lettres. Elle glissa sa main dans la boite aux lettres du haut. Il y avait bien là le facteur, qui lui fit vite comprendre qu'il n'était pas permis de se servir de la sorte. Tout seul… sans sa permission.
« Aie, mais il m'a mordu le vilain, s'écria telle. Saule, es-tu là ?

— Oui, j'étais justement en train d'essayer de voir qui était là derrière moi. Mais c'est toi, Célénia, petite miss. Je suis content que tu sois revenue, il y a du courrier qui est arrivé pour toi. As-tu pris ton courrier ?

— C'est ce que j'essaie de faire. Mais le facteur m'a mordu de ses belles dents.

— Oh la la, quel petit capon. Il ne changera donc jamais. Si tu veux ton courrier, il va valoir que tu lui ramènes quelques petites noisettes. Et ne tarde pas, sans cela il ne voudra pas te remettre ton courrier.

— Où vais-je trouver de petites noisettes ici ? Je lui ai pris les dernières la semaine passée. Il n'en restait plus que trois. Et pour l'instant, ce n'est pas la saison des noisettes.

— Effectivement, ce n'est pas la période. Trouve-lui quelque chose qui pourrait les remplacer.

— J'y vais, j'espère que je vais trouver. »

Elle revint avec quelques petites mini-pommes, qu'elle avait trouvées près d'un chemin.

« Tiens, regarde, elles sont bien juteuses et toutes rouges. »

Le petit facteur, à la vue des mini-pommes, lui tendit le courrier en lui faisant une grimace de remerciement et lui montra ses belles et grandes dents. Elle prit rapidement le courrier, car il lui faisait tout même un peu peur, et s'éloigna de lui. Elle regarda l'enveloppe, vit qu'il y était inscrit : pour Célénia de la part du ciel. Cela, avec plein de petits cœurs de toutes les couleurs peints sur cette enveloppe, sur laquelle, il était aussi inscrit : Voici le compte-rendu de ton chagrin, un aperçu et des directives à prendre pour une guérison totale.

« Eh bien, ne l'ouvres-tu pas ? Lui proposa Saule.

— Oui, voilà ! J'espère que c'est une bonne nouvelle. »

Elle ouvrit l'enveloppe.

« Je lis, disait-elle. Il y a sept pages. Oh là là. Une pour le lundi, une pour le mardi, le mercredi le jeudi, le vendredi et même pour le samedi. C'est beaucoup tout de même ?

— Oui, et celle pour le dimanche n'est pas là, lui dit Saule. C'est le jour où tu devras te rendre aux boites aux lettres, ici, pour les prochains courriers.

— Je continue la lecture, lui répliqua telle. Pour la septième feuille, il est dit. Bonjour, pe-tite miss. Nous avons bien reçu ta lettre qui nous a fait grand plaisir. Sois sans crainte, ta maman est bien ici au paradis. Elle te recommande de prendre bien soin de toi. Et cela chaque jour. Et d'honorer ta vie, car elle te l'a donnée de tout son cœur.

— Ah ! ce sont de bonnes nouvelles, dis-moi ? Sur chacune des autres feuilles qu'est-il inscrit ?

— Chaque feuille pour chaque jour, je lis. Celle du lundi me dit que le soir je devrai penser à maman pendant environ une demi-heure, et cela très fort, aussi bien aux bons qu'aux mauvais moments que nous avons vécus ensemble , et cela chaque jour. Puis je dois y faire un paraphe

Et le dimanche la remettre au facteur à la casquette de paille. En n'oubliant pas les noisettes.

— Es-tu d'accord au moins ?

— Oui, je te remercie, Saule. Et toi aussi, le facteur grimaçeur à la casquette de paille.

Elle prit tout son courrier, et rentra au château
, mit les feuilles en dessous du matelas de son
petit lit. Et elle fit ce que Saule aux ailes majestueuses lui avait recommandé.

6

Le courrier...

Un jour, la direction reçut un courrier stipulant qu'on avait retrouvé, de la famille de Célénia. Qu'elle aurait bientôt la visite de la personne en question.

Ce jour arriva.

« Toc-toc-toc.

— Oui, entrez.

— Bonjour, je suis la tante de la petite Mirobon. Je vous apporte un document, qui m'a été remis par le juge de la jeunesse. Il y est stipulé que j'ai reçu la garde exclusive de Célénia.

— Pouvez-vous me remettre ce document ? Merci. Je ne savais pas que Célénia avait une tante.

— Oui, je suis sa tante paternelle.

— Apparemment, le juge de paix vous donne la garde exclusive de la petite. Mais que voulez-vous pour l'instant ?

— Je voudrais la reprendre avec moi, le plus rapidement possible.

— Mais, vous plaisantez. Vous auriez pu avoir, du moins, l'amabilité de me prévenir, bien avant de venir. Vous rendez-vous compte de ce que vous faites ? Cela fait déjà quatre ans qu'elle se trouve en notre établissement. Vous allez déstabiliser cette enfant complètement.

— Je suis désolée, mais c'est mon droit, je la veux, et cela aujourd'hui.

— Je le suis moi aussi, désolée, répondit la supérieure en se levant. Mais, je refuse de vous la donner dans de telles conditions. Moi aussi, j'ai le droit de faire appel de cette décision.

Cette enfant me semble être en danger. Je ne pourrai pas vous la remettre aujourd'hui. Sortez de mon bureau, s'il vous plaît ! Nous nous reverrons sûrement dans les prochains mois, après la décision du juge de la jeunesse. Enfin, je veux dire le juge de paix.

— C'est honteux, je vais porter plainte contre vous et votre établissement, ce château « misérable ! » Et elle partit dans une colère noire.
« Mais tout de même, quel culot, venir comme cela sans même nous prévenir… Et de plus, reprendre cette enfant à la minute où elle a mis les pieds ici. Non non, ça ne va pas se passer comme cela.

—Mais qu'allez-vous faire, Madame la Directrice ?

— Tout d'abord, je vais contacter le juge qui a pris cette décision, sans même que nous n'en sachions quoi que ce soit.

Il ne faudrait pas oublier que Célénia est la grande héritière des usines de poulets de sa mère. Sans compter, l'héritage de son père, qui lui revient aussi de droit, et quel héritage.

Et qui me dit que ces documents sont vrais ?
Est-ce bien sa tante ?
Je dois m'en assurer avant tout propos. »

C'est ce que fit la supérieure, elle contacta le juge de paix et cela sans attendre. Pendant ce temps, la guerre faisait rage. Deux bombes étaient déjà tombées non loin du domaine, faisant chacune d'énormes trous.

À chaque fois que les sirènes hurlaient, tous les enfants courraient se réfugier dans les sous-sols des deux tours flanquant les côtés du château.

La petite miss ayant déjà dix ans, elle était entrée en classe de quatrième primaire.

Les enfants étaient tranquillement en train de travailler, quand soudainement une voiture entra dans le domaine et stoppa juste en face de l'école.

C'était une école de plain-pied, on pouvait voir tout ce qui se passait au-dehors.

Deux hommes sortirent de la voiture et se dirigèrent vers le château. Toutes les petites lutines, intriguées, se levèrent une à une de leur tabouret. Elles se collèrent aux fenêtres, pour regarder le spectacle.

Toutes les petites oreilles tournoyaient dans tous les sens.

« Retournez à vos places, » leur dit la monitrice de classe, tout en regardant elle-même à travers une des fenêtres. Ensuite, elle reprit son cours. Tout en zieutant de temps à autre. Elle vit, à un moment donné, les deux hommes sortir du château, en grande conversation avec la direction.

Que pouvaient-ils bien se dire de si fondamental ?

De l'autre côté de la forêt, Saule aspirait de nouvelles informations par le biais de ses racines. Il se nourrissait des indications que lui envoyaient les vibrations de la terre, la terre puisant elle-même ces informations du petit ruisseau qui longeait la forêt, et cela jusqu'au château… mais ce n'était pas suffisant pour tout savoir.

Il sentit donc de bien mauvaises nouvelles, qui lui titillaient les orteils jusqu'à ses longues racines. Sous le coup de ces informations, il prit la décision d'appeler à lui le comité de la forêt. Il faut faire quelque chose se disait-il, ayant un mauvais pressentiment.

Mais quoi ?

« Je ne peux le dire, sans l'aide de mes concitoyens de ce domaine. Car je ne peux marcher malheureusement… Je n'ai point de pieds. Venez, amis de mes rêves, amis de mes songes. »

À ce moment-là, un grand vent se mit à souffler à tel point qu'une partie de ses petites feuilles s'envolèrent en tournoyant à travers la forêt, comme de petites chauves-souris.

Elles arrivèrent dans plusieurs endroits, où se trouvaient de petits lutins, qui comprirent très rapidement le pourquoi de ces envolées soudaines : le message.

Ils accoururent, et cela de toutes les directions

, sur le sol où résidait Saule. Dès leur arrivée, Saule les contraignit d'aller sur-le-champ chercher les dernières informations possibles de la direction.

Ils allèrent chercher en premier lieu dans le grand trou carré, en dessous des deux boites aux lettres, le bâton à trous et le savon à bulles.

Ensuite, ils firent plusieurs bulles de savon et se glissèrent à l'intérieur. Puis, Saule demanda au vent de bien vouloir souffler une nouvelle fois très fort.

Le vent les emporta, dans la direction du château.

Arrivés sur place, ils se pressèrent d'entrer dans le bureau des principaux.

Ils se faufilèrent et consultèrent les documents qui se trouvaient sur le bureau de la direction, prirent les infos, et retournèrent vers le grand Saule pleureur aux ailes majestueuses de la forêt. Dans l'entre-temps, les visiteurs, accompagnés de la direction, s'étaient dirigés vers l'école.

Et de l'autre côté, les petits lutins étaient remontés dans les bulles de savon. Ils furent ainsi repoussés par le grand vent qui les redirigea vers les bois de la forêt.

Les deux hommes remontèrent dans la voiture et repartirent.

La direction, quant à elle, retourna à l'intérieur de la grande demeure.

Il y avait là, un souci, bien établi.

Ces deux hommes avaient été envoyés par le juge de paix, pour récolter de plus amples informations au sujet de la fillette.

Que la direction avait d'ailleurs donné avec toute simplicité et toute honnêteté.

Les deux messieurs attendaient des nouvelles du juge de paix dans les plus brefs délais. La direction, de son côté, n'avait pas perdu un instant. Elle avait effectué de l'espionnage, et ça du côté de la chère soi-disant tante de Célénia… Le personnel de direction n'avait détecté aucune trace, même pas la plus petite puce, qui aurait pu étayer la thèse de la parenté avec la petite Célénia.

Et pour cause ! Pas la moindre parcelle de lutine ne se promenait dans les veines de la « tante ».

Eh oui, la mère de la fillette, dame Fleurette, avait bien mis les points sur les i, lorsqu'elle était venue confier sa fille au domaine de Winder-Champs : oui, cette enfant avait eu un grand-père au sang de lutin. Elle soupçonnait même que sa chère petite avait, elle aussi, hérité du sang de lutine.

C'est pour cette raison qu'elle avait décidé de mettre sa fille au château, de ses ancêtres, du côté paternel.

Ce qui facilitait donc le contrôle que le juge de paix fit exécuter auprès de cette chère dame, et soi-disant tante de Célénia.

Était-elle une lutine elle aussi ? Elle avait bien un grand chapeau qui lui retombait sur les épaules.

Cachait-elle bien ses grandes oreilles ?

De l'autre côté, les lutins arrivèrent près du grand Saule pleureur aux ailes majestueuses et lui communiquèrent les informations qu'ils avaient pu récolter.

Que la petite était bien en danger. Que son héritage était visé. Enfin, c'était ce qu'ils avaient cru entendre.

—Ils vont l'emmener, lui dirent-ils. Très loin d'ici.

Saule, sur le coup, voulut courir, mais il ne put point. Pendant un instant, il avait oublié qu'il n'avait point de souliers et encore moins de pieds !

Son tronc bougeait de droite à gauche, presque toutes ses petites feuilles vertes étant au sol. Mais il finit par se calmer, sur les dires de ces petits lutins.

« Calmez-vous, Saule… Nous allons trouver une solution et cela dans les plus brefs délais.

— Elle ne peut s'en aller, cria Saule aux ailes Majestueuses. Car c'est la petite fille du Grand-Duc de Winder-Champs.

— Quel est l'animal le plus rapide de la forêt ? demanda un lutin.

— Moi, répondit le petit facteur, je connais tout de la forêt.

— Non, répliqua le lutin, tu as de trop petites pattes, tu serais bien trop vite fatigué.

— Nous, disaient les mûres de concert, nous vivons partout dans ce domaine.

— Non, les mûres. Vous êtes trop petites et trop fragiles. Vous pourriez vous faire écraser comme des punaises.

— Moi, dit Lapinou. Je sais très bien tapoter de mes petites pattes, je sais.

— Non, toi non plus, tu es bien trop gourmand. Dès que tu sentiras la bonne odeur des cuisines, tu oublieras tout le reste.

— Il ne reste plus que l'oiseau siffleur, »
Qu'ils se mirent tous à regarder.

Il était gêné et rentrait son petit cou, car il se trouvait bien trop petit pour exécuter une aussi grande tâche. Soudainement il voulut s'enfuir. Mais, avec une de ses ailes majestueuses, Saule le retint. « Oui, je te somme d'aller amener un courrier au château. Tu peux te faufiler partout, vu que tu es tout petit. Puis, tu es rapide. De plus, personne ne pourra te soupçonner de quoi que ce soit. Que décides-tu ? Es-tu d'accord ?

— Oui, répondit-il tout en mettant sa petite tête en mouvement.

— Écrivez, prenez un parchemin et le crayon
de bois dit Saule aux lutins. «
Bonjour, petite miss. Ici, c'est ton ami Saule
aux ailes majestueuses. Ton courrier est arrivé,
pourrais-tu venir très très vite le chercher ? Car
il est en danger », dicta Saule avec empresse-
ment. Attachez ce courrier à une aile du petit
siffleur, et toi, petit siffleur, envole-toi, va vite
amener ce courrier à petite miss. Le petit oiseau
se pressa et vola aussi vite que ses petites ailes
pouvaient battre et le porter.

Entre-temps, les enfants étaient rentrés ; ils
étaient en train de manger la bonne maquée que
leur avait préparée Céline, quand le petit
siffleur voulut entrer par une des fenêtres.
Mais il ne savait pas entrer, car les fenêtres
étaient toutes fermées ; il tapait de son petit

bec contre la vitre, par laquelle il pouvait apercevoir Célénia en train de déguster un fromage blanc. Il volait, tout en cherchant une ouverture, quand il aperçut de la fumée sortant d'une cheminée des cuisines, et y alla. Après un moment d'hésitation, il finit, tout de même, par entrer à contresens par ce fin tuyau où il n'y avait pas beaucoup de place.

Il atterrit ainsi dans les cuisines. Tout le personnel qui s'y trouvait sursauta à la vue du petit pouillot

siffleur, qui se débattait de ses petites ailes et volait dans tous les sens.

Sur ces entrefaites, la porte de la cuisine s'entrouvrit. L'oiseau put ainsi s'échapper vers l'intérieur du château. Il chercha dans toutes les pièces en espérant trouver rapidement la petite miss. Après une longue escapade, il se posa sur le grand bronze dans le hall d'entrée. Dix minutes plus tard, les enfants sortirent du réfectoire en rang deux par deux. Petite lutine se trouvait dans les premières. Elle marchait, quand elle entendit le petit pouillot siffleur. La fillette fut interpellée par son appel qui se voulait discret, qu'elle avait bien sûr reconnu rapidement. En levant la tête, miss put voir son camarade au-dessus perché sur la statue, il tentait d'attirer son attention en lui faisant des signes ainsi que des battements d'ailes. La fillette lui répondit de même.

Elle sourit, commença à s'écarter et se retira doucement vers l'arrière à reculons, car petite miss était intriguée de la présence de l'oiseau au château ! Les enfants avançaient, petite lutine reculait, jusqu'à un endroit situé près d'un escalier et d'une très grande fenêtre à vitraux. L'escalier descendait vers les sous-sols du château, où se trouvaient les cuisines. De ce fait, elle descendit au sous-sol, près des

douches, non loin de la buanderie. Elle passa par un vestiaire, au fond d'un long couloir qui la mena vers l'extérieur, à l'arrière du château. C'est là qu'elle dirigea son ami le petit siffleur. Elle le prit dans sa main droite et lui dit.
« Mais enfin, que fais-tu ici ? Comment es-tu entré ? Tes plumes sont toutes froissées. »

À cette seconde, elle vit l'enveloppe qui pendait sous l'oiseau, la prit et la consulta. Pendant ce temps, elle entendit s'approcher un moteur bruyant. Par la suite, elle vit une voiture qui montait en direction du château.

Elle eut un moment de réflexion ensuite un moment d'hésitation.

Après coup, elle décida de partir en courant rejoindre Saule et ses amis.

De surcroît, ce jour-là n'était apparemment pas comme les autres jours. Car ce matin-là, elle avait eu dix ans. Alors qu'elle était en train de faire sa toilette matinale, elle se regarda dans le miroir et elle les vit grandir. Et pas un peu. Quoi donc ? Mais ses oreilles.

Oui, elle avait déjà pu voir ce phénomène étrange chez quelques-unes de ses petites camarades. Elles n'étaient pas toujours aussi voyantes, leurs oreilles.

« Pourquoi les miennes deviennent-elles aussi grandes ? À part la grande statuette en bronze du Grand-Duc et celles de Miss Lutine (miss sans gêne), je ne vois personne ici qui en ait d'aussi grandes. »

Après réflexion, petite miss se mit à courir.

Le petit cui-cui à plumes qui volait à ses côtés battait de ses ailes, vite vite vite volait-il à tire d'ailes. Et cela, sans perdre un instant.

C'était bien trop important. Et ce, jusqu'au grand arbre. Arrivée sur place, la petite miss était bien sûr essoufflée, elle dut reprendre son souffle un instant. Toutes les grandes pattes de Saule étaient surélevées, comme des épaules humaines.

Cependant, dès qu'il sentit sous ses racines des vibrations provenant de la petite demoiselle, l'arbre fut comme soulagé du poids pesant sur ses épaules.

Et ses branches retombèrent normalement autour de lui. Comme un parapluie.

« Enfin te voilà, ma chère petite.

— Ta chère petite… Pourquoi me nommes-tu ainsi ? Je ne suis point ta petite.

— Je suis tellement soulagée de te revoir saine et sauve.

— Veux-tu bien m'expliquer cela plus clairement, s'il te plaît Saule ? Car je ne comprends pas ce que tu tentes de m'expliquer ?

— J'ai un secret à te révéler.

— De quoi s'agit-il ? Un secret, dis-tu.
— Oui, j'ai de grands doutes, petite Célénia. Sais-tu au moins qui étaient tes parents ?

— Oui, bien sûr que je le sais ! Maman est Madame Fleurette, et papa, Monsieur Mirobon. Je ne comprends pas, Saule.
Que se passe-t-il ?

— Je pense que tu es pourchassée par des malfrats.

— Mais, pourquoi, Saule ? Comment peux-tu savoir ce genre de choses ? Tu es un arbre.

— Voilà, je vais te le dire. Mais je te préviens, cela est assez délicat à expliquer. Surtout à une jeune fille, et de plus, aux grandes oreilles. »

Elle croisa les bras et fit non de la tête en le regardant.

« Ce n'est pas cela que je veux t'expliquer, petite lutine.

— Mais quoi d'autre, Saule ?

— As-tu vu les deux hommes devant le château ?

— Oui, je les ai entendus. Ils discutaient avec la Directrice. Qui sont-ils ? Est-ce eux les malfrats ?

— Non, je pense que ce sont des envoyés du juge de paix. »

En bégayant, elle questionna :

« Juge de paix, pourquoi ?

— Ils veulent t'emmener, petite miss. Je suis si triste ; tu es... tu es... »

Quand subitement, une sirène provenant du château se mit à hurler.

Cela surprit la jeune demoiselle, qui prit peur et retourna au château. Arrivée sur place, elle ne vit rien, à part la voiture devant le domaine. Elle se cacha en longeant l'arrière du château, entra et monta au dortoir. Miss Lutine, était là, elle stoppa petite miss en la pressant de venir à son côté,

« Viens Célénia, par ici.

— Célénia accourut vers Miss Lutine.

— Que se passe-t-il, demanda-t-elle ?

— J'ai mis mes grandes oreilles contre la porte de la Direction, et j'ai pu entendre ce qu'ils se disaient. Ils étaient en grande discussion à ton sujet. Tu es mon amie. Je vais te dire tout ce que j'ai pu entendre, c'est qu'ils sont là pour t'emmener, je ne sais rien de plus.

— Que vais-je faire ? Je suis perdue. Que me veulent-ils ? J'ai peur, Miss Lutine.

— Je sais où il y a une cachette. Va dans les greniers, là, ils ne te trouveront pas. En attendant, je vais les espionner.

— OK, je monte, pourrais-tu surveiller ?

— Oui, je regarde. Tu peux y aller, je te siffle si je vois quelque chose.

Petite miss se mit à courir à grands pas dans le grand hall qui débutait au rez-de-chaussée et montait jusqu'au grenier du château. Elle monta marche par marche, et cela, jusqu'au moment où elle arriva devant une grosse et grande porte en bois de chêne bien épaisse. Qu'elle se mit à entrouvrir.

La grande porte du grenier émit un grincement comme un cri strident : criiiiiii…ensuite, Célénia rentra à l'intérieur et se promena en découvrant des tas de choses restées inertes. Pour certaines, elles étaient là depuis bien longtemps, comme des costumes, des déguisements de toutes sortes. La petite miss avançait lentement en découvrant ces trésors cachés.

Il y avait des serpentins, des flûtes, une grande harpe, des trombones, des tambourins, des costumes de princesses, de fantômes, de lutines, de lutins, mais aussi des masques, des masques de carnaval et principalement de lutins… ! En avançant, elle découvrit aussi des toiles peintes et pleines de poussière. En regardant les toiles, elle fut interpellée par une toile en particulier., celle où était peint le Grand-Duc.

Ainsi qu'une dame très élégante, qui lui était inconnue. Il traînait là aussi, un immense miroir sculpté, flanqué de chaque côté de deux sculptures de lutines avec leurs petits chapeaux pointus ; de petites feuilles vert clair étaient aussi déposées contre de grosses poutres en bois de chêne très épaisses.

Elle avançait encore quand elle découvrit toutes les malles des pensionnaires qui se trouvaient l'une sur l'autre.

Elles avaient été déposées contre un long mur. Elle se dirigea vers les malles et chercha la sienne, sa malle. Elle se trouvait dans les premières du bas.

Quand elle put l'atteindre, elle la prit et la tira près du grand miroir et s'accroupit alors devant celui-ci.

Et cela avec beaucoup d'émotion. Son cœur se mit à battre plus rapidement que d'habitude. Elle ouvrit la malle et redécouvrit ses vêtements qui étaient restés dedans, non pas le temps d'un été, mais depuis déjà plus de quatre ans. À cet instant, la fillette prit un à un ses anciens vêtements. Elle les mit, devant telle en s'amusant, en se regardant dans le miroir avec délicatesse. Car ses vêtements indubitablement lui rappelaient sa chère maman ainsi que sa vie passée.

Ça la fit rire un instant, mais il lui coula aussi des larmes légères.

Ayant grandi au moins de dix pouces, ses anciens vêtements étaient devenus trop petits. Même qu'elle essaya de les enfiler, mais pas moyen. Zut, alors se dit-elle. À ce moment-là elle entendit des bruits, quelqu'un montait vers le grenier. Petite miss avait très peur, elle se cacha derrière le grand miroir. Ensuite, la grande porte du grenier s'ouvrit criiiiiii… C'était les deux hommes qui cherchaient Célénia. Ils se mirent à fouiller l'endroit quand soudainement un des deux hommes se rapprocha du grand miroir.

Petite miss toute tremblante de peur se recula le plus possible pour ne pas se faire voir. Mais une main d'homme se baladait derrière le miroir, à deux pouces de toucher le blouson de petite miss, quand soudain quelqu'un cria du bas des escaliers. La main se retira subitement.

C'était Miss Lutine qui montait à toutes jambes en criant :

Venez vite messieurs, votre voiture, a bougé de place.

— Oh là là, Allons vite voir ce qui se passe.

Ils descendirent très vite tous les escaliers en trébuchant sur leur derrière, sortirent du château, en se dirigeant vers leur voiture qui avait effectivement descendu de quelques mètres.

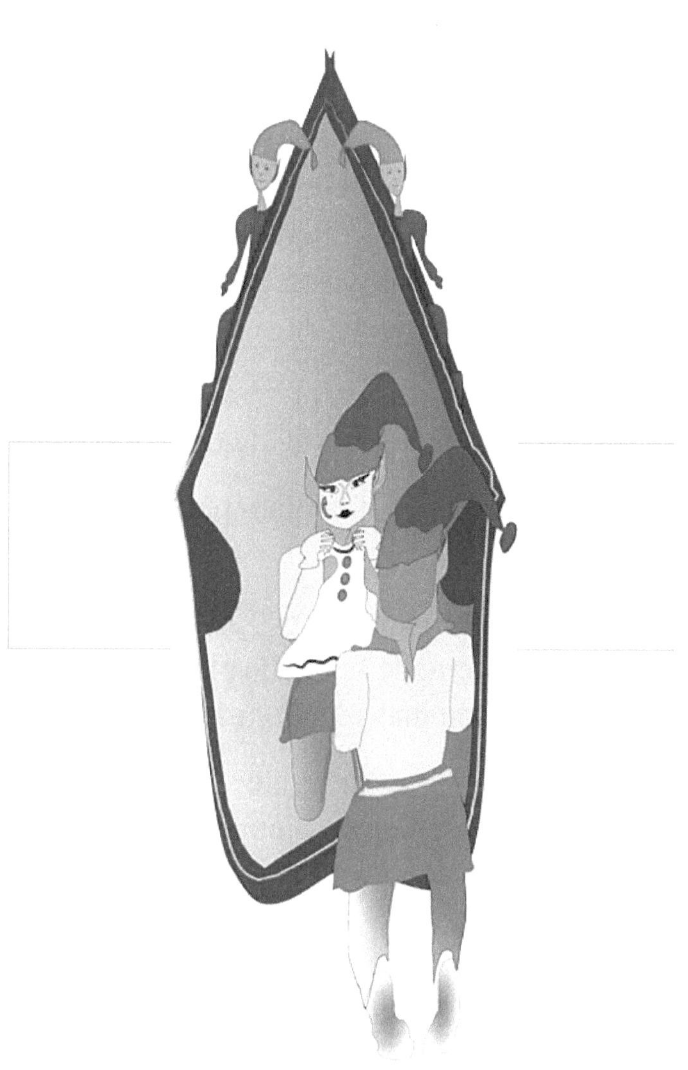

Pendant ce temps-là, les deux gamines se précipitèrent vers les fenêtres du grenier pour voir ce qui se passait en bas.

Les deux hommes étaient en train de pousser la voiture. La directrice, sortit-elle aussi du château, était en conversation avec les contrôleurs.

Les deux fillettes les virent remonter dans la voiture et rouler vers la sortie du domaine.

Quel soulagement ce fut pour petite miss et Miss Lutine.

"Que vais-je faire maintenant ? Je ne peux pas me cacher ici éternellement. De plus, j'ai faim, je n'ai encore rien mangé aujourd'hui.

Miss Lutine lui conseilla de rester encore cachée dans le grenier, et ajouta qu'elle allait descendre pour écouter la conversation de la direction.

"Dès que je sais quelque chose, je reviens pour t'informer, à tout de suite.

— Oui, vas-y, mais n'oublies pas mon estomac, de quoi manger s'il te plaît.

— OK, je fais au plus vite."

Miss Lutine descendit donc et fit une chute dans l'escalier, mais rien de crave, elle arriva en bas en clissant de sa chute sur son derrière, et tenta d'écouter à la porte de la direction, elle fit de grands yeux quand elle aperçut un petit lutin qui avait ouvert le grand portail de l'entrée, et passait sa petite tête par-dessus la porte.

Qui était ce phénomène ?

Il avait tout l'air de chercher quelque chose.

Ou quelqu'un, mais qui ?

Elle décida de s'approcher du lutin.

Quand elle fut tout près, il eut l'air d'avoir peur, car il courut se cacher derrière la grande statue de bronze. Bien sûr, ce n'était pas Miss Lutine qui allait en rester là.

Elle courut derrière lui et tenta de l'apercevoir.

“Que fais-tu là, petite chose ? Qui es-tu ?”

Il ne répondit pas, mais alors qu'il tentait de la regarder en se penchant sur le côté les yeux tournoient près de la statue. Miss Lutine tendit son bonnet de lutin, qu'il avait perdu en courant.

"Si tu le veux, il va falloir que tu sortes de ta cachette. Allons, sors de là, sinon je le jette dans les W.C. et je tire la chasse…

—Non, attends, dit-il d'un air pas content. Ne me dites pas que vous pourriez faire une chose pareille ?

Il sortit malgré sa peur.

Et se mit à vouloir raconter l'histoire de Saule majestueux.

Quand soudainement il se passa ceci.

— Que fais-tu ici ?

— Je suis envoyé par Saule majestueux, le plus bel arbre de la forêt de notre domaine…

— Pour faire quoi ? Qui est Saule ?

— Je cherche Célénia, pourrais-tu me dire où je pourrais la trouver ?

— Célénia… Et pourquoi ?

— je ne le dirais qu'en présence de mon avocat. ; Quand soudainement miss Lutine avança la main vers le petit lutin et l'attrapa par son oreille droite, en le soulevant du sol.

— Aie, mais ça fait mal. Que fais-tu ? Je suis ici pour dévoiler la vérité.

— Tu n'es qu'une vermine"lui répondit-elle.

— Non voyons, je suis envoyé par le Maître de la forêt. » Répondit-il.
Entre-temps petite miss était descendue et arriva dans le bas de l'escalier, à l'entrée, prêt du grand hall et vue miss Lutine qui était en train de secouer le pauvre petit lutin.
À ce moment aussi Miss Lutine, souffla-t-elle sur ce petit bonhomme en lui disant : « Je vais te faire passer l'envie de mentir de la sorte.

"Au secours ! S'écria le petit lutin. Quelqu'un pourrait-il me secourir, me venir en aide, je suis tombé sur une vraie tête de linotte ?"

Petite miss, s'approcha prudemment et dit.
"Miss Lutine, lâche-le immédiatement"

Le regard fixe, elle l'achat le petit bonhomme et dit, tout étonnée.

"Qui est-ce, tu connais ce petit moucheron ?

— Je te l'ai déjà dit. Grandes oreilles, je suis envoyé par Saule majestueux, répliqua le lutin encore et encore, et je suis magicien. Petite miss lui demanda, comment t'appelles-tu, petite chose ?
— Grégoire le valet, dit-il tout fièrement.

— Quelqu'un arrive, reprit miss Lutine, cachons-nous.
Elles se mirent ainsi toutes les deux à courir. Petite miss prit le petit lutin dans la paume de sa main.
Arrivées au grenier, elles refermèrent la grande porte de bois derrière elles…
Petite miss, en profita pour montrer ses découvertes à son amie en présence de Grégoire le petit lutin de la forêt.
Et Grégoire raconta l'histoire de Saule majestueux.

Pendant ce temps, Célénia avait découvert une nouvelle malle où étaient entreposés des tas de figurines, du monde enchanteur de la forêt. Le petit Lutin lui expliqua, qui était le grand-duc.

Que c'était peut-être son grand-père !

Que Saule eût découvert qu'il avait de grands pouvoirs. Qu'il avait tellement aimé la forêt qu'il avait construit les boites aux lettres dans le tronc de l'arbre prénommé Saule majestueux. Ainsi il avait réussi à se faufiler dans l'âme de l'arbre, et tout ce qui se trouvait dans la forêt du domaine de Winder-Champs.

En fait, c'est un génie, un grand homme, comme on n'en a jamais vu sur terre. Leur raconta le lutin Grégoire qui l'aimait beaucoup.

À cet instant, Célénia se rendit-compte, à qu'elle point elle était dans une vie, au-delà de ce que pouvait s'imaginer qui conque savait monter dans les sphères, les hautes des auteurs, du monde de l'imagination. Grégoire fit des gestes bizarres de la même façon que les magiciens en tournoient et en sautant sur lui-même.

Soudainement la grande porte de bois du grenier faisait entendre son gris strident.

Des pas sur le sol de bois, des frottements aux sols du grenier se faisaient entendre de plus en plus fort et de plus en plus près des fillettes. Le lutin avait fait apparaitre une ombre, grande, immense.

Était-ce l'arbre ? Les premières branches leurs apparues, ensuite, comme un très bel arbre, rempli de petites feuilles en forme de petite chauve-souris lumineuses et colorées battent des ailes.

Heureusement que ce château est grand…dit Saule.

Sous les yeux de son amie et du petit lutin, Célénia compris que c'était en quelque sorte l'ombre de Saule majestueux, qui s'avançait vert elle. Il la prit avec ses grandes branches, des gouttelettes tombaient au sol, comme si l'arbre pleurait. Pleurait-il des larmes de joie ?

'Tu peux sortir de ta cachette, tu n'as plus rien à craindre ma petite fille.'

Il ajouta que sa soi-disant tante ne l'était pas ; qu'il avait découvert sa supercherie, et qu'elle avait été interdite de toute adoption.

Après avoir entendu ces mots et avoir fini son étreinte. De ce pas, Saule se retourna voulant retourner à la forêt.

— Grand-père, cria-t-elle, attendez où allez-vous ?

— Je retourne ma chère enfant dans la forêt, je ne suis qu'une ombre ici. Je t'invite toi aussi à venir avec tous tes amis, car j'ai quelque chose à te montrer petite miss.

— Quand dois-je venir grand-père ?

— Demain soir à la tombée de la nuit.

— Ok, répondit-elle tout étonnée, je viendrai avec tous mes amis.
Grégoire monta sur l'épaule de Célénia, et ajouta ;

— Je serais là moi aussi, en reformulant sa magie et fit disparaitre Saule majestueux ', et ce, d'un air tout sérieux, d'une main magique.

— Célénia (petite miss) et miss Lutine (amie de Célénia) se mirent à le chatouiller et il se mit enfin à rire aux éclats.

—Stoppppppppppppahahahahahahahah"
Puis, il s'encouru rejoindre Saule majestueux.

Le lendemain soir, Célénia et tous ses amies et camarades se mirent en route vers la forêt.
Suivez-moi leur dit-elle, vous allez découvrir le roi du domaine de Winder-Champs… ils avancèrent assez rapidement avec des torches. Célénia longeait la rivière.
En la suivant, ils se mirent à chanter et leur chant résonnait partout dans la forêt.

Vous allez découvrir le trésor de la forêt.

Après un long moment de marche, Célénia les arrêta un instant, pour regarder par où elle devait passer.

« Oui ! s'écrit-elle, c'est par là, venez, »

Elle souleva son tablier, et courut. Au loin elle repéra le lieu, car elle voyait au loin lapinou qui cherchait toujours de quoi se mettre sous la dent quelque chose de bon.

Dès qu'il vu Célénia, il leva ses oreilles, en avalant rapidement son repas et dérapa pour filer à sa rencontre, sauta dans ses bras et la câlina.

À cet instant une grande ombre noire apparut et tenta de les empêcher d'avancer. C'était la cape noire qui reflétait dans le noir. Est t'est-ce celle qu'ils avaient vues en promenade ?

Toutes les lutines prirent peur, se souvenant de cette terrible journée, qui leur était restée gravée dans leur mémoire.

Nous devons repartir, s'écrient les enfants et se mirent à courir en direction du château.

— Non, cria Célénia, s'il vous plaît restez.

Bien sûr leur peur était plus forte que tout et ils disparurent rapidement au loin dans le noir de la forêt avec les torches.

Seule sa chère amie miss Lutine, resta avec elle. Sa curiosité étant plus forte que tout ?

Ils avancèrent et virent que la fameuse cape noire n'était qu'un animal de la forêt. Ils purent continuer sur le chemin de verdure qui les amena tout droit à l'endroit où était planté Saule majestueux.

Dès qu'elle voulut s'approcher de l'arbre, des choses étranges se mirent soudainement à arriver.

Tous les animaux et les lutins de la forêt s'étaient reculés de plusieurs mettre de Saule. Une lueur vin lentement enrober le tronc de l'arbre. Ses branches se mirent à se gonfler tout en s'écartant du tronc.

Toutes les petites feuilles en forme de chauve-souris se mirent à s'éclairer d'une couleur différente, en se mettant à bouger et briller. Les branches aussi se mirent à tourner sous le souffle des lutins qui les fit tournoyer en rond.

Une partie de la forêt s'éclaira soudainement et des ballons ronds avec, à leurs bords, lapinou, le facteur à la casquette de paille, le petit oiseau siffleur, les mûres, ainsi que certains lutins flottaient dans les airs.

Bien sûr les deux lutines émerveillées regardaient les bulles la bouche grande ouverte.

Le lutin magicien, ouvra une bulle et proposa :
« "Un tour de manège pour ses demoiselles ?" »

Les petites lutines hésitèrent un instant.

—"Allons, répéta le lutin magicien, n'ayez pas peur, vous ne craignez rien avec moi." »

Les fillettes tout émerveillées le regardèrent encore un instant. Le lutin entra dans la bulle et leur tendit la main pour les faire monter à bord de l'engin. Elles montèrent à bord pour un tour de manège. La bulle monta en bougeant d'un côté à l'autre. Elles furent secouées.
"Regardez dans les autres bulles, tenez-vous aux rampes pour ne pas clisser, comme le facteur à la casquette de paille et les autres animaux dit encore le lutin.

« 'Oui, mais où allons-nous ? s'écria miss Lutine.
— voir le spectacle de plus près. Répondit Grégoire.' »
En effet, montant de plus en plus haut, les bulles dépassèrent dans les auteurs l'arbre et le spectacle étant d'une vue sans pareil.

Les ailes de Saule commençaient doucement à tournoyer en s'élevant de toute part. Ses petites feuilles en forme de chauve-souris s'illuminent chacune d'une différente couleur.
« 'C'est magnifique.' S'écria Célénia.

—'Je n'ai jamais rien vu de telle.' S'écria son amie miss Lutine.

Quand le spectacle fut terminé, les bulles redescendirent au sol pour y déposer ses occupantes.

Juste au moment de descendre de la bulle, une sirène se fit entendre. Les deux fillettes se précipitèrent vers le château, quand des sortes de bombes tombèrent du ciel dans le domaine. Quand les filles arrivèrent près du château, les éducateurs couraient vers un abri et prièrent les enfants de s'y abriter. Quand le calme revint enfin, ils purent sortir de l'abri. Le château fut détruit en grande partie. La directrice n'ayant pas pu atteindre l'abri à temps fut prise en dessous d'une poutre qui était tombée du plafond de son bureau. Elle était gravement blessée et ne savait pas bouger. Une armoire à document était tombée à côté d'elle. Elle sentait son souffle diminué, tendit la main vers le meuble et ouvrit un des tiroirs, pris une farde, la serrant fermement dans la main. Puis, s'endormit pour un long voyage.

« 'Madame la directrice n'est pas là ?' dit un enfant.

— Nom, apparemment elle a dû s'abriter à l'intérieur.'' Répondit l'éducatrice.

— Allons à sa rencontre. » Reprit-elle ? »

Elles sortirent de l'abri et se dirigèrent vers le château. Tout autour d'elles étaient des ruines. Les arbres étaient tombés et s'étaient brisés.

Les enfants tremblaient de peur et avançaient en se tenant la main. Arrivés au château, elles s'accoururent dans celui-ci. Certains, partirent à gauche et d'autres à droite.
Petite miss et miss Lutine se dirigèrent vers le bureau de la directrice et la trouvèrent inanimée bloquée par une grosse poutre de bois.

« Oh Mon Dieu ! Madame la directrice, s'écria-t-elles
— Tu crois qu'elle n'est plu ! dit miss lutine.

— Je ne sais pas, mais regarde, elle tient quelque chose dans la main !

— C'est quoi, on dirait une farde. »

Miss Lutine se pencha pour prendre la farde. Pendant ce temps, petite miss courut appeler à l'aide.
Rapidement, les secouristes arrivèrent, la dégagèrent et l'emmenèrent à l'hôpital.

« Eh ! s'écria miss lutine, regarde, il n'y a plus grand-chose debout, en bonne état ! on dirait que tout a été détruit »

Célénia s'approcha d'une fenêtre et regardait l'horizon. Tout était que désolation.
C'est seulement à ce moment-là que Célénia se demanda si Saule et les animaux de la forêt enchantée allaient bien. Elle se mit ainsi à courir vers la forêt enchantée. Miss lutin courait elle aussi derrière petite miss.

En courant, petite miss, regardait autour d'elle, il n'y avait plus rien, plus rien.
Arrivée près de Saule, à la vue du désastre, miss Lutine s'écria que ce n'était pas possible,

« tout était détruit, même le plus bel arbre de la forêt enchantée. »

Célénia était sur le choc, elle ne pouvait plus dire un mot. Bien sûr ses larmes inondèrent le sol.
Pendant ce temps, le petit lutin Grégoire, sorti d'un trou au sol et tous ses amis avec lui. Ils furent tous très tristes d'avoir perdu Saule majestueux leur cher ami...

Célénia s'agenouilla en pleurant.

« C'était mon ami », dit-elle. « Même plus que cela, dit-elle encore, mon grand-père. Qui va apporter le courrier maintenant dans le ciel, il n'y a plus de boite aux lettres ? »

Le lutin magicien, prit la farde que miss Lutine avait prise de la main de la directrice. Miss Lutine ne voulait pas lâcher la farde. Grégoire dut tirer très fort pour l'obtenir. Avec celle-ci à la main il s'approcha de Célénia et la toucha gentiment pour attirer son attention sur la farde.

« Qui a-t-il lui répliqua-t-elle en pleurant.

— Regarde dans cette farde… c'était le souhait de Saule. »

Elle prit la farde et vue sur la couverture, était inscrit Célénia. Tien ! se dit-elle, pourquoi mon nom est-il inscrit sur la couverture de cette farde ?

Elle l'ouvrit, et lu son contenu.

« Alors lui dit Grégoire, qu'en penses-tu ?
— Rien lui répondit-elle, je suis trop triste, en plus, le château est détruit et Saule n'est plus là.
— Tu oublies que je suis magicien ?

— Ah oui ! peux-tu le faire revenir ? »
Tristement, le lutin magique lui répondit que sa magie avait des limites ; et ça, c'était une chose qu'il ne savait pas faire sans l'aide du grand Seigneur.

Célénia s'en alla lentement vers le château et bien sûr, miss Lutine suivait.
En chemin, miss Lutine demanda à Célénia ce qu'il y avait écrit dans la farde.

Mais Célénia était tellement triste, qu'elle n'y prenait pas attention, elle répondit juste ceci.

« Je m'en contre-fiche, je suis bien trop triste pour faire attention à cela. »
Arrivée au château les éducateurs leur dirent que les chambres du château étaient intactes et qu'elles pouvaient rester là pendant quelque temps.
Célénia rentra et alla se coucher. Elle y resta pendant plusieurs mois. Elle ne désirait pas sortir malgré les nombreuses demandes de son amie.

Après quelque mois, le château fut réparé et la verdure s'était remise à pousser. Malgré cela, Célénia resta toujours enfermée dans sa chambre.

« Tes amis, ceux de la forêt enchantée, d'attendent… ! Lui dit un jour miss Lutine.

— Je n'ai plus d'amis lui répondit-elle.

—"Tien je t'ai quand même apporté une longue vue pour que tu puisses voire au loin dans la forêt enchantée ce qui s'y passe.

Célénia ne répondit pas tandis que miss Lutine laissa la longue vue et sortie tristement.

Quelques jours passèrent, quand Célénia regarda par la fenêtre de sa chambre. Soudainement ! elle fit quelque chose de curieux au loin. Intriquée, elle prit la longue-vue et regarda à travers la lunette dans la direction de la forêt. Elle avait l'impression de voir un arbre qui ressemblait curieusement à Saule majestueux. Des petits lutins étaient en train de travailler sur son tronc. Que pouvaient-ils bien y faire ?
Pousser par sa curiosité, elle décida de s'y rendre.

Elle descendit donc les escaliers du château et croisa miss Lutine sur son chemin, qui, la regarda toute étonnée de la voir enfin sortir de sa chambrette.

Où pouvait-elle bien aller ? Miss Lutine décida de la suivre, partit tout droit dans la forêt enchantée.
Plus elles approchaient et plus le bruit d'un tapage se faisait entendre.

Petite miss s'arrêta derrière un buisson, l'écarta et regarda ce que les lutins et les animaux de la forêt étaient en train de faire.

Quand elle vue cet arbre qui ressemblait étrangement à Saule majestueux, elle décida de s'avancer près des travailleurs.
Bien sûr, dès que les lutins et les animaux la virent, ils sautèrent de joie et lui firent la fête, ils_lui sautèrent même au cou pour l'embrasser tendrement un à un.
Ensuite, elle leur dit 'Que faites-vous-là ?

— tu ne vois pas…nous sommes en train de faire de nouvelles boites aux lettres !

— Ah bon !

— Sais-tu qui c'est ? Lui demanda le lutin Grégoire.

— Non, il ressemble étrangement à Saule, qui est-ce ?

— C'est une graine de Saule, qui a poussée récemment. L'arbre n'est pas très grand pour le moment, mais je crois qu'il va devenir aussi grand et aussi fort que son Père.

— Ah bon ! pour être une surprise, c'est une très grande surprise.' Reprit miss Lutine qui se trouvait derrière petite miss. 'Mais vous ne savez pas tout.

Le château est en vente et le domaine aussi. Ceux qui content l'acquérir vont construire surement de nouveaux bâtiments et raser la forêt.'

En entendant cette nouvelle, les lutins et les animaux arrêtèrent de travailler et furent découragés.

« 'Lever la tête les amis, leur dit Célénia, je suis l'héritière du domaine de Winter-Champs, c'est écrit dans la farde et tant que je vivrais, personne ne touchera à un seul brin d'herbe de ce domaine je me battrai pour cela.

—Nous te suivrons et nous nous battrons avec toi.
Tous ses amis sautèrent de joie et de bonheur.

Plusieurs années passèrent quand Célénia, devint la directrice principale du domaine et du Château de Winter-Champs.

Miss Lutine, ne quitta jamais la douce Célénia. Puisque Grâce à elle, le château put pendant de longues années encore accueillir beaucoup d'enfants particuliers.
Ils furent toujours très heureux d'être près de Saule junior, pour envoyer leur courrier dans le ciel et voir le spectacle des chauves-souris, du facteur à la casquette de paille, lapinou, le petit oiseau siffleur, Grégoire et tous leurs amis de la forêt enchantée.

La découverte d'une histoire

Née à Bruxelles en 1966.

Depuis ma plus tendre enfance j'ai toujours aimé le dessein, la peinture., tout ce qui était de prêt ou de loin attaché à Walt Disney en filme ou en dessin animé.

Quand j'étais enfant nous regardions la télévision le mercredi après-midi. Nous avions droit à ce moment-là à un bonbon, un morceau de chocolat ou le dimanche après-midi nous avions droit à un frisco pendant la diffusion d'un filme projeter sur un grand écran blanc avec projecteur à bobines.

Vous connaissez la PCM (Process Communication Model) ?

Je trouve que la PCM détermine assez bien les personnages en général. Les six types de personnalité. On n'y retrouve le travaillomane, le rebelle, l'empathique. Les points forts de l'empathique est sa sensibilité...ils sont chaleureux et compatissants. On y retrouve aussi le persévérant et le promoteur, et pour terminer celui qui me représente le mieux, est le rêveur. Il est attiré par des activités solitaires permettant une riche vie intérieure : chercheurs, artisans et certains artistes, écrivains etc.

Écrire ! c'est ce que la vie m'ait offert un jour de juin il y a bien longtemps.

Je venais de terminer mes études primaires quand nous sommes allées, moi et ma mère à l'école pour déterminer ma nouvelle vocation.

Je devais choisir entre plusieurs métiers qui m'étaient proposés.

Fini l'école des petits. Vive l'école des grandes !

—Que voudrais-tu faire comme métier ? Que choisis-tu entre ces propositions ?

—Je voudrais faire de la dactylographie.

—Pourquoi ?

—Je ne sais pas ! mais je sens que c'est ça que je veux faire.

—OK tu es inscrite, tu commenceras après les grandes vacances. Tu sais après juillet août, à la rentrée des classes !

—Je suis très contente je vais faire de la dacty-lographie, taper plus vite que l'éclaire sur une machine à écrire, pour ensuite écrire mes rêves dans un manuscrit. Vite que les vacances se terminent. »

J'étais impatiente à l'idée de commencer les cours.

Mais mon bonheur fut de courte durée, quand je demandais à ma mère pourquoi son ventre avait grossi autant ! Elle me répondit qu'elle était enceinte de son dixième enfant. Comme nous étions une famille nombreuse et que je faisais partie des ainés, elle m'annonce que je n'irais plus à l'école. Mes parents avaient écrit je ne sais où, pour pouvoir me retirer de l'école, pour pouvoir les aider dans leurs tâches diverses à la maison. Siffler en travail-lant, tralalalala. Donc ! j'ai pu continuer de rê-ver tout en travaillant, en regardant les dessins animés et Wald Disney en priorité à la télévi-sion. Faire du dessin, de la lecture dans les mo-ments creux et bien sûr écrire.

Table des matières

f.becker@live.be

https://www.dydjybeck.com/livre-saule-majes-tueux/